삶을 살지 않은 채로 죽지 않으리라

삶을 살지 않은 채로 죽지 않으리라

I Will Not Die An Unlived Life

나를 잃지 않고 인생의 파도에 올라타는 법

도나 마르코바 지음
홍주연 옮김

날

삶을 살지 않은 채로 죽지 않으리라

나는 삶을 살지 않은 채로 죽지 않으리라.
넘어지거나 불에 델까
두려워하며 살지는 않으리라.
나는 나의 날들을 살기로 선택할 것이다.

내 삶이 나를 더 많이 열게 하고,
스스로 덜 두려워하고
더 다가가기 쉽게 할 것이다.
날개가 되고
빛이 되고 약속이 될 때까지
가슴을 자유롭게 하리라.

세상이 나를 알아주지 않아도 상관하지 않으리라.
씨앗으로 내게 온 것은
꽃이 되어 다음 사람에게로 가고
꽃으로 내게 온 것은 열매로 나아가는
그런 삶을 선택하리라.

우리는 숨 가쁜 시대를 살고 있다. 서구 사회 대부분이 뭔가에 홀리기라도 한 걸까? 사람들은 멈추지 않고 쉴 틈 없이 일한다. 그래야 '소유'할 수 있고, 가진 게 있어야 훗날 진정한 자신으로 살 수 있다고 생각하는 것 같다. 하지만 영혼의 관점에서 보자면 죄다 거꾸로 가는 행동이다. 먼저 멈춰야 영혼의 열망을 들을 수 있고, 열망에 따라 살아야 삶에 진정한 활기가 깃든다. 그렇게 자기 모습으로 살아야 내게 맞는 일과 행동을 할 수 있는 것이다.

도나 마르코바Dawna Markova는 정확히 이런 과정을 거쳤다. 그녀는 먼저 멈춰 서서 "두렵긴 하지만 그래도 더 알고 싶은 게 뭘까?" 같은 근원적 질문을 성찰했고, 자신만의 답을 얻었다. 그리고 이제, 분석적 태도를 내려놓고 내면의 지혜와 연결될 수 있는 곳으로 우리를 안내한다.

책 앞부분에 도나가 앤 모로 린드버그Anne Morrow Lindbergh (1906~2001)*의《바다의 선물Gift from the Sea》을 읽고 있는 장면이 나온다. 이 책은 반세기 넘게 다음 세대로 전해졌고, 도나에게도 커다란 영향을 미쳤다. 나는 우리가 읽고 있는 책《삶을 살지 않은 채로 죽지 않으리라I Will Not Die An Unlived Life》또한 새로운 세대에게 끊임없이 전해지는 책이 될 거라고 확신한다. 나는 사람들에게 목청 높여 책을 읽어줬고, 곳곳에 형광펜을 칠하고 밑줄을 그었다. 책이 어느새 온갖 메모와 느낌표로 가득 찰 정도였다.

우리 삶에서 지금처럼 '천천히'라는 단어가 절실히 필요했던 적은 없다. 도나가 45분 동안 아무것도 하지 않다가 "게으르게 산다고 누가 신고라도 할까 봐" 주위를 힐끔거렸다는 대목에서 나는 웃음을 터뜨렸다. 무슨 마음인지 정말 공감했다.

도나는 놀라운 질문을 계속 던지며, 우리가 고속도로에서 벗어나 답을 찾아가는 물결에 몸을 맡기도록 부드럽게 이끈다. 물결 끝에서 우리는 자신의 진짜 열정을 발견할 수 있다. 도나는 우리가 논리적 생각에 사로잡히는 대신, "내가 왜 여기에 있지?"라는 질문을 기억하도록 만든다. 우리가 근원적 질문을 던지고, 더 많은 이야기를 떠올리고, 더 많이 대화하도록 자극한다. 그녀가 시와 질문으로, 이야기와 깊은 사색으로 건네는 삶의 메시지가 책 곳곳에 있다.

이 책은 '목적에 따라 온전히, 생생히, 열정적으로 사는 삶'을 만나는 여정으로 우리를 안내한다. 그 과정에서 우리는 이미 직

---

* 미국 여성 최초로 비행 면허를 취득한 비행사이자 베스트셀러 작가이다.

감하고 있던 사실을 깨닫게 된다. 바로 내가 공허함을 느끼고 있다는 사실이다. "머리는 지식으로 꽉 찼는데, 뭔가 여전히 허전해."라고 느낀다면 이 책을 옆에 두고 자신의 영혼을 찾아야 한다. 이 책을 음미하고, 여러 번 읽고, 다른 사람과 공유하고, 명상의 안내서로 활용해야 한다. 도나가 자신을 마주하게 된 여정에 깊이 공감한다면, 이 책을 곁에 두게 될 것이다. 영혼의 목적을 알고 싶고, 내 안의 지혜를 찾고 싶고, 삶의 '소명'을 발견하고 싶은 사람이라면, 이 책에서 풍요와 활력을 얻을 것이다.

이 책은 내게 그랬듯 당신에게도 강하지만 온화한 손길을 내밀 것이다.

– 저스틴 톰스Justine Toms와 마이클 톰스Michael Toms 부부[*]

* '새로운 차원 방송 네트워크New Dimensions Broadcasting Network'의 공동 창립자이자 국제적으로 송출되는 라디오 시리즈 〈새로운 차원New Dimensions〉의 공동 제작자이며, 《만일 부처가 직업을 선택한다면True Work: Doing What You Love and Loving What You Do》의 공동 저자이다.

차례 ━━━━━━━━

1장

거울

내 마음을 비추다

아빠가 어깨를 으쓱 올리며 돌아가시던 날, 나는 이 시를 썼다. 시를 쓰며 아빠가 어떤 사람이고 어떻게 살아왔는지 생각했다. 마음이 텅 비어서 꿈조차 품지 못한 사람. 자신을 하찮게 여기며 사는 인생. 그게 내가 아는 아빠 모습이었다.

아빠와 나는 무척 멀리 떨어져 살았다. 아빠는 엄마와 함께 플로리다주 할리우드 중심가에 살았지만, 나는 버몬트주 노위치 외곽 차가운 골짜기에 머물렀다. 나는 그곳에서 심리상담소를 운영했다.

갑작스레 아빠가 나타난 날, 나는 린다와 상담 중이었다. 린다는 가정폭력을 일삼는 남편 짐과 이혼을 해야 하는지 깊이 고민 중이었다. 린다의 말을 심각하게 듣고 있는데, 그녀 뒤쪽에서 아빠가 나타났다. 아니, 아빠의 홀로그램이라고 해야 할까. 아빠는 나를 바라보더니 어깨를 으쓱 올렸다. 그리고 내게 손을 쭉 뻗었다. 그 바람에 아빠가 오른손에 늘 끼고 다니던 분홍빛 옥반지가 바닥에 툭 떨어졌다.

린다는 이상한 낌새를 전혀 눈치채지 못한 것 같았다. 남편이 폭력을 휘두르던 일을 털어놓으며 서럽게 흐느낄 뿐이었다. 아빠도 가정폭력을 일삼았는데…. 나는 린다가 왜 우는지 마음 깊이 이해했고, 오랫동안 그녀를 토닥였다. 린다가 혼자가 아니라는 사실을 깨닫기 바랐다. 잠시 후 린다는 안정을 되찾았고, 나는 고개를 들어 뒤쪽을 바라봤다. 어느새 아빠의 홀로그램은 사라지고 없었다.

한참을 망설이던 나는 저녁 늦게 엄마에게 전화를 걸었다. 엄마는 병원에서 막 돌아온 참이었다. 엄마는 떨리는 목소리로 몇 시간 전에 아빠가 돌아가셨다고 했다. 엄마가 커피를 사러 나간 사이에 일이 벌어졌다고. 무슨 말을 하고 전화를 끊었는지 기억나지 않는다. 그저 눈물이 가득 차올랐던 기억만 난다. 버몬트의 꽁꽁 언 강물이 봄볕에 터지듯 눈물이 마구 솟구쳤고, 정말 간절하게 아빠가 그리웠다. 나는 밤새도록 펑펑 울었고, 까무러치듯 잠에 빠졌다.

밤이 깊어서야 눈을 뜬 나는 이상한 기분에 휩싸였다. 내가 강물처럼 흐르는데, 동시에 강바닥이 된 듯한 느낌이랄까. 스스로 비옥하고 깊은 토양처럼 느꼈다. 그때, 나는 어떻게 살아야 하는지 깨달았다. 어떤 설명도 이유도 없었지만, 그냥 알 수 있었다. 오른손이 저절로 침대맡에 놓인 스탠드를 켰다. 그 모습이 빛을 좋는 해바라기처럼 자연스러워 보였다. 나는 가장 좋아하는 파란색 만년필을 쥐고, 낡은 빨간색 가죽 일기장을 폈다. 그리고 마치 누군가의 말을 받아 적듯이 술술 써내려갔다.

"제대로 살지 않고는 결코 죽지 않으리…."

나는 일기장을 들고 아빠가 쓰던 낡은 마호가니 책상으로 향했다. 마음이 파도처럼 울렁였고, 글이 샘처럼 솟아나왔다. 슬픔이 잉크라도 된 걸까. 슬픔에서 시작된 글은 차곡차곡 다리가 되었고, 나를 깊은 마음속으로 이끌었다. 나는 아빠를 떠나보내며 앞으로 어떻게 살아야 할지 깨달았다. 그렇게 나를 이끌어주는 내 삶의 시가 완성됐다. 어쩌면 시는 아빠가 내게 준 마지막 선물일지 모른다.

***

나는 열 살 때 헬렌 켈러와 잔 다르크의 위인전을 읽고, 원더우먼 만화책에 푹 빠져 살았다. 그래서 그런지 한동안 영웅이 할 법한 생각에 심취했다. 마음의 소리를 들으며 사람들을 고통에서 구해내고, 세상을 좀 더 행복하게 만들겠다는 그런 포부를 품었으니까. 커서 뭐가 되고 싶냐는 질문을 받을 때마다 나는 세상을 더 나은 곳으로 만들겠다고 답했다.

그러면 어른들은 언제나 같은 반응을 보였다. 일단 씩 웃고는 머리를 쓰다듬으며 물었다.

"그럼 돈은 어떻게 벌 거니?"

현실적인 질문에 위축되지 않으려 했지만, 사실 마음이 조금씩 흔들리기도 했다. 8월 말 저녁에 간신히 깜박이는 반딧불이처럼 꿈이 희미해지는 날도 있었다.

그럴 때면 나만의 비밀 장소로 향했다. 집 뒤편 저수지로 달려가 기슭에 빼곡히 핀 갈대들 사이에 숨어들었다. 예쁜 조약돌을 집어 온갖 소원을 빈 다음, 소원이 이뤄지길 염원하며 물수제비를 뜨기도 했다. 조약돌에서 시작된 물결이 멀리 기슭까지 닿는 광경이 보기 좋았다.

가끔은 기슭에 쪼그려 앉아 골똘히 생각에 잠기기도 했다. 언젠가 어른이 되면 행복의 물결을 널리 퍼뜨릴 수 있지 않을까? 그래서 저 멀리 남아프리카 땅까지 행복의 물결이 닿으면 어떨까? 그때 나는 남아프리카가 제일 먼 땅인 줄 아는 꼬맹이였지만, 꽤 진지하게 이 문제를 고민했다.

시간에 쫓겨 동동거리는 어른이 된 후에도, 나는 여전히 물결을 만들려 남몰래 애썼다. 아무에게도 말한 적 없지만, 심장이 '그래!'라고 소리 낸다는 이유로 어떤 일을 저지르기도 했다. 마음이 울린다면 그걸로 충분했다. 넬슨 만델라Nelson Mandela(1918~2013)가 남아프리카공화국 대통령이 됐을 때도 그랬다. 나는 전 세계에서 여성 서른 명을 모아 콘퍼런스를 개최하는 일에 동참했다. 우리는 '리더로서 세상을 바꾸면서 자신을 돌보는 법'을 이야기하고 싶었다. 여성들이 자기 나라로 돌아가 다른 사람들과 이 주제로 이야기를 나눈다면, 물결이 넘실거릴 거라고 믿었기 때문이다.

서른 개 나라에서 온 여성들이 영국 옥스퍼드에 있는 아름답고 오래된 호텔에 모였다. 콘퍼런스는 이곳에서 3일 동안 진행될 예정이었다. 첫째 날 참가자들과 인사를 나누는데, 자꾸만 한 여성에게 눈길이 갔다. 그녀는 커다란 안락의자에 꼿꼿이 앉아 아무 말도 하지 않고 있었다. 그녀의 초콜릿색 피부가 가을 햇살 아래 반짝였고, 그녀가 두른 주황색 천이 노을처럼 주위를 환히 밝혔다. 나는 그녀가 무슨 말을 꺼낼지 정말 궁금했다. 하지만 그녀는 자신의 이름이 웬디 노마템바 루하베Wendy Nomathemba Luhabe(1957~)*이며 남아프리카공화국에서 왔다는 말을 끝으로, 어떤 말도 하지 않았다.

둘째 날 아침 세션이 끝나자마자, 나와 함께 콘퍼런스를 준비한 네 사람이 작은 방에 옹기종기 모였다.

"뭘 모르시네요."

로즈가 뉴질랜드 억양이 짙게 밴 말투로 말했다.

"노마템바의 대화 스타일은 미국인과 달라요. 다른 사람이

---

* 남아프리카 공화국의 유명 기업인이며, 2020년 포브스가 선정한 아프리카에서 가장 영향력 있는 여성 50인에 이름을 올렸다.

한 말을 생각하거나 받아들일 시간도 주지 않고 지금처럼 끼어들기 급급하다면, 노마템바는 절대 말하지 않을걸요."

로즈는 팔짱을 휙 끼고 자리로 돌아가 앉았다. 미국인인 나는 꼬인 마음을 품지 않으려 애썼다. 우리는 모두 같은 마음으로 콘퍼런스를 준비했다. 다른 문화권에 사는 여성들이 서로 지지하고 한마음이 되는 대화를 나누길 바랐을 뿐이다. 그런데 콘퍼런스는 시작부터 삐거덕댔다. 우리가 비용 때문에 실제로 만나지 않고, 이메일로만 모임을 준비한 게 문제였을 수 있다. 서로 친해질 시간이 없었으니까. 하지만 더 결정적인 이유가 있었다. 사실 우리 중 누구도 어떻게 서로 지지하고 한마음이 되는 대화를 나누는지 잘 몰랐다. 그게 중요하다는 것만 알 뿐이었다. 우리에게는 뭔가 결정적인 계기가 필요했다.

나와 로즈는 오후 세션을 진행하며, 지금부터 소그룹으로 나눠 대화하자고 제안했다. 그래야 대화 속도가 느려지고 상대의 말에 온전히 귀 기울일 수 있을 거라는 설명도 덧붙였다. 하지만 노마템바는 오후 세션에서도 여전히 입을 열지 않았다. 이제 내일이면 콘퍼런스가 끝나는데…. 나는 자꾸만 초조해졌다.

사실 내가 초조해진 데에는 또 다른 이유가 있었다. 우리는 콘퍼런스 시작 전, 참가자들에게 상징적인 선물을 가져오라고 요청했다. 그리고 매일 밤 열 명씩 선물을 소개하고 나누는 시간을 가졌다. 나는 둘째 날 밤에 선물을 나눠줘야 했는데, 깜빡 잊고 선물을 챙겨오지 않았던 거다. 콘퍼런스도 생각처럼 순조롭지 않은데 선물까지 안 가져오다니! 오후 내내 머리를 굴렸지만 마땅한 선물이 도저히 생각나지 않아 가슴이 답답해졌다. 에라 모르겠다 싶어 침대에 엎어졌는데, 머리맡에서 가죽 일기장이 삐쭉 모습을 드러냈다. 나는 황급히 일기장을 집어 들고 선물을 만들기 시작했다.

그날 저녁, 나는 첫 번째로 선물을 나눠주려고 사람들 앞에 섰다. 내 소개를 시작하자마자 심장이 마구 쿵쾅댔다.

"아빠가 돌아가시던 날 밤, 제가 쓴 시를 선물로 드리고 싶어요. 제겐 정말 큰 의미가 있거든요."

나는 눈을 질끈 감았다.

"그날 밤, 저는 정말 외롭고 무서웠어요. 아빠의 삶은 대체 어떤 의미였는지, 아빠는 내게 무엇을 남겼는지 혼란스러웠죠. 아빠 없이 어떻게 살아갈지도 정말 막막했어요."

나는 살짝 눈을 떠 주위를 둘러봤다. 모두 내 말에 집중하고 있었다. 나는 자신 있게 뒷말을 이어갔다.

"저는 낡은 일기장을 펴고, 파란색 만년필을 손에 쥐었어요. 이 순간, 글쓰기만이 저를 위로할 거라고 생각했어요. 아들에게 불러줬던 것처럼 자장가도 흥얼거렸어요. 그러더니 모유가 돌 때처럼 가슴이 찌릿했고 글이 절로 써지더라고요."

시가 적힌 종이를 들어 올리는데, 손이 덜덜 떨렸다. 긴장돼서 떠는 게 아니었다. 몸에서 감당할 수 없을 만한 엄청난 에너지가 솟아날 때, 나는 이렇게 몸이 떨렸다.

"이 시는 제가 따르는 삶의 발자취예요. 덕분에 암 치료도 견디고 혼란스러운 마음도 다스렸어요. 제가 누군지, 왜 세상에 왔는지 알려주거든요. 여러분들에게도 이 시가 발자취가 되길 바라요."

나는 시를 읽었고 완벽한 평온함을 느꼈다. 이 시를 소리 내어 읽을 때면 언제나 평온함이 찾아왔다. 시를 다 읽자 방 안이 소리 없이 들썩였다. 쥐 죽은 듯 적막해 보였지만, 강렬한 기운이 우리를 감싼 것 같았다. 나는 오후 내내 직접 쓴 시를 한 사람, 한 사람에게 나눠줬다. 마지막으로 노마템바에게 시를 건네고 다시 자리로 돌아와 앉았다. 평화로운 침묵이 방 안을 감돌았다. 잠시 침묵을 느낀 후에 나는 선물을 나누고 싶은 사람이 또 있는지 물었다.

"잠시만요."

누군가 침묵을 가르며 외쳤다. 노마템바였다. 노마템바는 갈색 눈을 반짝이며 주위를 둘러봤고, 한 명 한 명과 눈을 마주쳤다. 그녀가 나를 쳐다보는 순간 나는 몹시 당황했다. 얼굴이 화끈 달아오르며 크게 실수했다는 생각이 들었다. '미쳤다고 그런 시를 읽은 거야? 혼자 왜 그렇게 앞서 나가? 이제 어쩔 거야?' 내가 얼마나 생각이 짧고 무례한지 그녀가 또박또박 지적할 생각을 하니 눈물이 핑 돌 지경이었다.

"여기 오신지 몰랐어요."

노마템바가 고개를 가로저으며 말했다.

"제가 진짜 눈치가 없었네요. 이틀 내내 집중도 안 하고, 여기 계신지도 모르고."

나는 누구한테 하는 말인지 뒤를 돌아보고 싶었다. 설마 노마템바가 지금 나한테 말하는 건가?

그녀는 내 마음을 안다는 듯 말을 이었다.

"저를 모르시죠? 저도 마르코바 씨를 실제로 뵌 적은 없어요. 그래도 당신을 알아요."

그녀는 펄럭이는 소매에서 카드를 한 장 꺼냈다.

"미국에 사는 친구가 2년 전 제게 보내준 카드예요. 그때부터 줄곧 가지고 다녔어요."

그녀는 카드를 들어올렸다. 나는 보자마자 단박에 알아챘다. 바로 내가 쓴 시가 적혀 있는 카드였다. 몇 년 전, 나는 프랑스 남부에 있는 명상원에 머문 적이 있었다. 그곳에서 눈동자가 유독 초롱초롱하고 머리가 부스스한 아가씨를 만났다. 그녀는 내게 다가와 알은체했다.

"저기, 도나 마르코바 씨 맞죠? 뉴스레터에 실린 시 정말 잘 읽었어요! 제가 카드를 만들려고 하는데, 괜찮으시면 그 시를 앞면에 적어도 될까요?"

나는, 친구한테 직접 정성 어린 카드라도 만들어주려나 싶어서 흔쾌히 그러라고 했다. 그런데 웬걸, 몇 달 후 내 시가 적힌 카드가 전국적으로 판매되고 있다는 사실을 알게 됐다. 캘리포니아에 있는 한 회사는 일기장 표지에 시를 적어서 제작하기도 했다. 지금까지 수천 장의 카드와 일기장이 전국적으로 팔렸다. 처음 그 사실을 알았을 땐, 그저 쥐구멍에 숨고 싶은 심정이었다. 감상에 취해 중얼거린 생각이 나도 몰래 전국적으로 퍼져나가다니! 수만 명한테 생각을 들킨 기분이 들어 당혹스러웠다.

노마템바는 내게 시선을 고정한 채 천천히 가운데로 걸어 나왔다. 그리고 한 단어, 한 단어 신중히 말을 이었다.

"저는 나라 곳곳을 다니며 여성들을 만나요. 대규모 강연을 할 때도 있고 적은 인원과 대화를 할 때도 있죠. 저는 여성들에게 우리가 구매력을 모으면 정치적 힘을 행사할 수 있을 거라고 말해요."

노마템바는 어느새 내 앞에 멈춰 섰다.

"모임을 마칠 때마다 저는 이 시를 늘 읽어요. 수천, 수만 여성이 이 시를 들었죠."

노마템바는 내게 손을 내밀고 눈을 반짝이며 이렇게 속삭였다.

"저는 당신이 시에 쓴 구절처럼, 여성들의 꿈을 키워주는 비옥한 토양이 되겠다고 약속했어요."

나는 노마템바가 내민 손을 잡았다. 그러자 그녀가 자연스럽게 내 앞에 무릎을 꿇었다. 나도 황급히 의자에서 내려왔다. 우리가 맞잡은 손을 보자 느닷없이 눈물이 터져나왔다. 웬 주책인가 싶은데도 눈물이 멈추지 않았다. 우리는 잠시 그렇게 있었다. 마침내, 내가 말을 꺼냈다.

"26년 전 일이 떠올라요. 아들 데이비드가 다섯 살일 때, 세계 여행을 하다가 겪은 일이에요."

나는 그녀를 바라보며 천천히, 고요히 말했다.

"우리는 동아프리카에 있었어요. 데이비드는 스와힐리어와 마사이족 말을 배웠죠. 그러다 차를 끌고 남아프리카공화국으로 내려갔어요. 땅이 숨 막힐 듯이 아름다웠던 기억이 나요. 우리가 요하네스버그에 머문 둘째 날, 데이비드가 공원에 놀러 갔어요. 그런데 경찰이 데이비드를 데리고 오는 거예요. 무슨 일인가 물었더니 데이비드가 흑인 아이만 놀 수 있는 곳에서 놀았대요. 경찰이 나가라고 해도 꼼짝을 안 했대요. 백인 아이를 가둔 '우리'로는 갈 수 없다고 버텼다고 하더라고요."

말을 이으려는데 목이 콱 멨다. 유리를 삼키는 것처럼 목이 아팠다.

"데이비드는 자기가 뭘 잘못했냐고 자꾸 물었어요. 저는 말이 안 되는 일을 설명하려 애썼죠."

나는 한숨을 내쉬고 우리가 맞잡은 손을 잠시 바라봤다.

"결국 우리가 떠나야 한다는 걸 깨달았어요. 사흘 후, 케이프타운으로 내려가서 싱가포르로 향하는 배를 탔죠. 항구를 떠나면서 이렇게 기도했어요. 언젠가 서로 다른 사람이 이 땅에서 어울릴 때, 그래서 아이를 데려와도 안전할 때, 꼭 다시 오게 해달라고요."

여기저기서 사람들이 코를 훌쩍였지만 이대로 멈출 수는 없었다. 내게는 전해야 할 메시지가 하나 더 있었다.

"오늘 당신이 정말 큰 선물을 줬어요. 저는 이제 당분간 일을 줄이고, 글 쓰는 작업에 매진하려고요."

나는 노마템바 어깨너머로 다른 사람들을 바라봤다. 모두 우리에게 집중하고 있었다.

"덕분에 제가 진솔하게 글을 써도 된다는 걸 알았거든요. 제가 쓴 글이 작은 씨앗이 되어 남아프리카 사람들의 마음을 움직이고 있는 줄 몰랐어요. 어쩌면 그곳으로 돌아갈 길을 벌써 찾은 것 같네요."

우리가 서로 포옹했다는 말로는 부족하다. 우리를 나누었던 뿌리가 서로 뒤엉켜서 하나가 됐고, 대지는 만족스러운 탄성을 내뱉었다. 그 순간, 새로운 가능성이 태어났다.

***

옥타비오 파스Octavio Paz(1914~1998)*는 창조 에너지가 삶에 흐르지 않고 밖으로 새나간다는 사실을 깨닫고 〈그 후에After〉라는 시를 썼다고 한다. 그 시는 삶이라는 커다란 선물을 망설임이나 의구심, 또는 모순된 감정 때문에 낭비하지 않겠다는 다짐이자, 더는 사랑을 밀어내지 않겠다는 약속이었다고 한다. 그래서 옥타비오는 눈 감는 순간까지 아침저녁으로 그 시를 읽었다고 전한다.

나도 옥타비오처럼 매일 아침 침대에서 내 시를 큰 소리로, 천천히 읽는다. 내가 따라야 할 길이자 빛을 마음에 새긴다. 그리고 매일 밤 침대에 앉아 다시 시를 속삭인다. 내가 잘 가고 있는지, 길을 잃은 건 아닌지 확인한다. 나는 그렇게 내 영혼에게 안부를 전한다.

20년 전, 암 선고를 받으면서 나는 영혼과 대화를 시작했다. 의사에게 의지하는 것만큼 영혼에게도 많이 매달렸던 것 같다. 어쩌면 암은 영혼이 내게 보내는 신호일지 모른다고 생각했다. 내게 관심을 쏟고, 진실하게 감정을 표현하고, 창조적으로 살고, 때때로 나를 비우라는 영혼의 간절한 외침일지 모른다고 여겼다. 암은 초대받지 않은 선생님이 되어 우리 집을 불시에 방문했다. 내 왼편에 턱 자리를 잡고 앉아 선뜻 답할 수 없는 질문을 쏟아냈다. 아무것도 하지 않으면 나는 뭐가 되지? 엄마처럼 집

---

* 멕시코의 대표적인 시인으로 1990년 노벨문학상을 받았다.

안을 돌보지도 않고, 아빠처럼 돈을 벌지도 않으면 나는 무슨 가치가 있을까? 나는 세상에 왜 태어났지? 아직 배우지 못한 게 뭘까? 뭘 피하며 살았지? 내가 세상을 더 나은 곳으로 만들고 있긴 한가?

이런 질문은 어쩌면 우리 모두에게 해당할지 모른다. 인생에 닥친 위기는 언제나 삶의 목적과 마음에 품은 열정을 묻는 법이니까. 하지만 질문에 답하기 위해 목숨을 위협하는 상황에 부닥칠 필요는 없다. 매사에 시큰둥하고 늘 피곤하고 인생이 지루하다고 느낄 때, 자신에게 물으면 된다. 진가를 발휘하지 못한다고 느낄 때 영혼을 찾으면 된다. 가장 행복한 순간에도 뭔가 허전하다면 그때 진짜 자신을 마주하면 된다.

나 역시 늘 열정적으로, 목적에 따라 사는 건 아니다. 사실 암에서 완치됐다고 생각했을 때는 아침저녁으로 그저 염불 외듯이 시를 중얼거리기도 했다. 목소리에선 생기가 사라지고 시 내용은 마음에 새기지도 못하고. 자기 전에 외는 시는 딱 "이제 자러 가볼까?" 정도 의미였다. 열정과 목적을 까맣게 잊고 살았던 거다.

그래서 나는 이곳을 택했다. 6개월 동안 유타주 깊은 산속에 머물며 내 삶의 열정과 목적을 다시 찾아보려 한다. 암과 함께한 20년 동안 나는 치유가 수천, 수만 가지 사소한 행동에서 시작된다는 걸 배웠다. 내 행동과 생각에 온전히 집중하며 나를 다시 치유하고 싶다. 지금 내 주변에는 아무것도 없다. 오직 심장과 머리와 영혼이 나를 지켜볼 뿐이다.

겨울이 가까워서 그런지 나무들이 죄다 앙상하다. 몸통만 남은 나무를 보니 내 삶의 뼈대는 어떤 모습일지 문득 궁금해진다. 나는 어디에 뿌리를 내리고 사는 걸까? 삶의 뿌리를 찾을 수나 있을까?

가끔 걱정도 되지만 그래도 내게는 길을 밝혀주는 시가 있다. 나의 시는 작은 촛불이 되어 내가 삶의 목적과 열정을 찾도록 나를 인도한다. 그리 밝지는 않지만 발을 내딛기에는 충분한 빛이다. 이 책에는 나의 여정이 고스란히 담겨 있다. 마음과 정신을 탐험하는 과정에서 내게 찾아온 수많은 의문, 질문, 생각은 물론 여러 꿈과 깨우침이 있다.

나는 물수제비를 좋아하지만, 물결이 어떻게 이는지는 모른다. 시를 읽은 사람들이 왜 전 세계에서 편지를 보내오는지도 모른다. 시가 나를 찾아온 건지, 내가 낳은 아이처럼 그저 나를 통해 세상에 나타난 건지 알 수 없다. 정말 나는 모르는 게 너무 많다.

그래도 세상에 나 같은 사람이 많다는 사실은 안다. 세상과 단절됐다고 느끼고, 누구에게도 의지할 수 없다며 마음을 닫고, 빠르게 변하고 예측할 수 없는 세상 속에서 길을 잃은 사람이 많다는 건 분명히 알고 있다. 비록 물결의 원리는 모르지만 나 같은 사람에게 물결로서 다가가고 싶을 뿐이다.

나의 여정이 그리 대단하다고 생각하지는 않는다. 나는 그저 한걸음, 한걸음 솔직하게 걸었다. 그 과정에서 겪은 나의 진짜 이야기를 당신과 나누고 싶다. 내게 일어난 사건 자체가 아니라, 그 사건들을 내가 어떻게 해석했는지 마음을 터놓고 이야기하고 싶다. 나의 진심이 당신에게 닿아 당신도 진솔하게 삶을 마주하면 좋겠다. 이 책이 느리게 도착하는 편지처럼 당신에게 서서히 다가가면 좋겠다. 그래서 당신이 차근차근 삶의 목적을 탐색하고 숨은 열정을 찾을 수 있다면 더 바랄 게 없다.

삶에 열정과 목적이 없다고 느끼면 일단 멈춰야 한다. 물론 말처럼 쉽지는 않다. 나만 빼고 세상이 전속력으로 질주하는데, 불안해서 멈출 수 없다. 딱히 할 일도 없이 덩그러니 있으려니 혼자 버림받은 것도 같다. 갑자기 초조해지고 마음이 답답해지다가 이렇게 할 걸, 저렇게 할 걸 여러 후회를 한다. 결국 우리는 혼자 있는 순간을 견디지 못하고 급하게 핸드폰을 집어 든다. 그리고 참된 자아로부터 최대한 멀리멀리 도망친다. 나를 찾으려 했던 시간이 이렇게 또 사라진다.

지혜와 진실의 땅을 찾아서

성장하려는 씨앗은
씨앗의 모습을 저버린다
기어다니는 벌레는
번데기의 순간을 지나
숨겨놓은 날개를 편다

그렇다면, 영원하지 못한
필멸의 존재여
언제까지 거짓된 껍질에
매달리려 하는가?
– 오쇼 라즈니쉬 Osho Rajneesh (1931~1990) *, 《내면으로 향하기 Turning in》
중에서

* 인도의 철학자이자 영적 지도자이다.

나는 지금 유타주 산속 통나무집에 있다. 해발 2,535미터라 그런지 하늘 위에 떠 있는 느낌이다. 왼편에서는 와사치 산맥이 긴 팔로 나를 감싸고, 오른편에서는 유인타 산맥이 나를 힘껏 끌어안는다. 어느 쪽 창문을 열어도 주위를 둘러싼 산맥이 눈앞에 넓게 펼쳐진다. 토머스 머튼Thomas Merton(1915~1968)[*]이 말한 자연의 "숨어 있는 온전성the hidden wholeness"[**]이 이런 걸까. 광활하고, 온전하고, 포근한 느낌이 든다.

나는 감정을 솔직히 털어놓을 만한 안전한 장소를 찾아 산속에 들어왔다. 삶을 사랑하는 게 무슨 뜻인지, 일자리를 구하지 않고 돈을 벌지 않을 때 나는 어떤 존재가 되는지 알고 싶었다. 지친 마음에서 더 이상 도망치고 싶지 않았다. 성공하지 못하면 아무짝에도 쓸모없다는 생각도 그만하고 싶었다. 나는 남들 눈에 그럴듯해 보이고 싶어서 늘 성공하거나 뭐라도 성취하길 바랐다. 그래서 매일 해야 할 일을 빈틈없이 정리하며 나를 몰아붙였다. 하지만 그러는 사이 나의 영혼은 점점 병들어갔다.

이걸 성스러운 휴식이라고 이름 붙이면 너무 거창할까? 나는 그저 방학을 맞은 아이처럼 푹 쉬고 싶었다. 그래야 지친 몸과 마음을 회복하고, 영혼과 대화를 나눌 수 있을 테니까. 미디어

---

[*] 가톨릭교회의 수도사이자 작가, 인권운동가이며 영향력 있는 영적 스승이다.
[**] 토머스 머튼의 시 〈성 소피아 성당Hagia Sophia〉에 나오는 구절로, 모든 사물은 그 자체로 온전하다는 의미를 담고 있다.

에서 벗어나고 싶은 마음도 컸다. 도시에 있으면 원컨 원치 않건 언제나 실시간 정보에 노출된다. 다른 사람의 온갖 소식을 접하느라, 정작 내 인생이 어떻게 흘러가는지 큰 그림을 보지 못할 때도 많다. 이곳 첩첩산중이라면 온전히 내 삶만 바라볼 수 있지 않을까?

덱 위 낡은 의자에 앉아 뜨거운 차를 마시고, 성스러운 의식을 치르듯 느릿느릿 움직이는 삶. 깨끗한 공기를 마시며 사뿐사뿐 산책하는 하루. 어쩌면 이렇게 단순한 삶을 간절히 원했는지도 모른다. 과거를 후회하지도, 미래를 걱정하지도 않는 사람처럼 가볍게 거닐고 싶었다.

늦가을 산은 꽤 분주하다. 통나무집 주위에 있는 사시나무도 부지런히 낙엽을 떨어뜨린다. 나도 내 안에서 더는 살아 숨 쉬지 않는 것을 훌훌 떠나보내고 싶다. 그래야 진짜 중요한 내 삶의 뼈대를 알 테니까.

사실 나는 분열된 삶을 살아왔던 것 같다. 너무 많은 일이 시시각각 다쳤고, 속수무책 끌려다니기 바빴다. 내 하루에 정작 나는 없었다. 오랜 친구이자 스승인 작가 파커 J. 파머Parker J. Palmer(1939~)*가 "분열된 삶에서 어떻게 벗어나지?"라고 물었을 때, 나는 커다란 해일에 휩쓸린 것 같았다. 온전히 나의 하루를

---

* 미국의 대표적인 교육자이자 사회운동가로 리더십, 사회 변화, 영성 분야에서 커다란 영감을 주고 있다.

산다는 게 무슨 뜻이지? 그러니까 내가 아무 일도 안 하고 놀고 먹으면? 남한테 신경 쓰지 않고 나한테만 관심을 쏟으면 어떻게 될까? 아니 근데, 그게 가능하긴 해?

어쩌면 이런 질문을 품는 게 영혼을 만나는 첫걸음일지 모른다. 나를 중심에 두겠다고 다짐하자마자 마음이 널리 퍼지는 기분이 든다. 세상을 부드럽게 보고, 스스로 느긋하게 대하고, 나만의 즐거움을 발견할 수 있을 것 같다. 잠깐, '발견한다'는 말은 틀린 것 같다. 세상에 즐거움을 발견하는 사람도 있나? 모두 소소한 행복 속에서 평범한 기적을 감사히 여기며 즐거움을 키워나갈 뿐이다. 그래야 훗날 어려움이 닥쳐도 인생에 마음을 열 수 있을 테니까. 나는 깨끗이 샤워할 때, 목적지 없이 걸을 때, 보들보들한 감촉을 느낄 때 즐거움을 경험한다. 작고 까만 새가 통나무집 옆에 있는 오래된 소나무 위에 앉아 매일 아침 노래할 때, 나는 즐거움을 느낀다. 그동안은 나를 미치게 만드는 복잡한 일에만 온통 주의를 뺏겼다. 이제부터라도 내게 기쁨을 주는 작은 기적들에 관심을 기울이고 싶다.

통나무집에는 세면대 위 빼고는 거울이 없다. 일부러 거울을 챙겨오지 않았다. 거울 속에 갇힌 나를 보고 싶지 않았다. 내 모습을 다르게 보고 싶은 마음이 컸다. 그동안은 CCTV 속 범죄자를 보듯이 나를 감시했고, TV 속 연기자를 보듯이 나를 평가했다. 통나무집에서만큼은 틀 밖에서 진짜 나를 보고 싶었다.

엄마는 가족이 생긴 이후로 자기만을 위한 시간을 내기가 어려웠다고 말했다. 엄마는 가족들 뒤치다꺼리로 바빠서 책을 읽거나 명상할 짬이 도저히 없었지만, 아이러니하게도 한 세대가 지난 지금 나는 가족들 덕분에 6개월 동안 떠나올 수 있었다. 내 곁에는 엄마가 정말 읽고 싶어 하신 앤 모로 린드버그의 《바다의 선물》이 있다.

오늘 아침, 나는 삶에 대한 성찰이 묻어나는 린드버그의 책을 읽었다.

"아름다움은 아무 데서나 보이지 않는다. 밤이 어두워야 촛불이 보이듯, 우리에게는 아름다움을 볼 공간이 필요하다. … 내 삶에는 아름다움을 찾을 여백이 없었다. 일정은 늘 빼곡했고 나를 홀로 마주할 공백은 어디에도 없었다."

나는 계피차를 한 모금 삼켰다. 그녀의 말에 구구절절 공감이 갔다. 그녀 역시 마음이 어수선하고, 어디를 향하는지 몰랐고, 점점 늘어만 가는 만남과 관계에 치이며 살았나 보다. 어떻게 중심을 잡고 살아야 할지 고민한 사람이 나뿐만이 아니라는 사실이 조금 위안이 됐다.

린드버그는 "자기 삶의 고유한 패턴을 잊지 않을 생각"으로 조개껍데기를 주워 간직했다고 말했다. 조개껍데기를 들여다보며 자기 삶을 생각해보는 식이었다. 나도 내 삶과 닮은 적당한 상징물을 찾기로 마음먹었다. 산속에서 발견하면 딱 좋을 텐데. 어제 산책을 하다 무심코 주머니에 집어넣은 솔방울이 손끝에 닿았다.

나는 솔방울을 찬찬히 뜯어본 후 일기장에 세세히 묘사했다.

"나는 갈색이고, 수백 개의 인편(鱗片)*에 둘러싸여 있다. 나는 매우 딱딱하고 몹시 메말랐다. 가을바람이 세차게 부는 바람에 그만 나무에서 툭 떨어지고 말았다. 나를 붙잡아주던 진액도 메말라버렸다. 누가 조금만 건드려도 나는 부스러져 형체를 잃는다. 언젠가 하얀 눈이 주위를 덮어 내가 당신 눈에 띄고, 당신이 나를 집어 들어 세심히 관찰하는 날, 당신은 알게 될 거다. 인편은 아주 작은 날개이고, 날개 속에 씨앗이 숨어 있다는 사실을. 씨앗은 바람에 실려 여기저기 날아갈 거다. 새한테 먹히는 씨앗도 있겠지만, 어떤 씨앗은 반드시 살아남아 눈 아래 몸을 숨길 거다. 그리고 긴긴 겨울잠을 자겠지. 그러다 세상이 초록빛으로 물들고 따뜻한 바람이 얼음을 깨우는 날, 씨앗은 위대하게 움틀 것이다."

읽다 보니 내 삶을 말하는 것 같아서 나도 모르게 목소리가 커졌다. 사실, 진짜 그렇게 생각하긴 했다. 어쩐지 민망하고 부끄럽지만 이게 내가 바라는 거였다. 내 감정과 생각에 솔직한 삶! 덮고 숨기는 일에는 흥미가 뚝 떨어졌다. 나는 덱으로 나가 점점

---

* 솔방울을 나선형으로 둘러싼 비늘조각이다.

짙어가는 하늘을 바라봤다. 하늘이 어두워지자 별빛이 보였다. 여백 없이 살 때는 깜깜한 하늘이 주는 아름다움과 위안을 몰랐다. 바람이 뺨을 스치며 속삭이는 말도 이해하지 못했다. 하지만 지금은 통나무집을 지키는 오래된 가문비나무가 내게 뭐라고 말하는지 알 것만 같다.

"어둠 안에 뿌리를 내린 사람만이 빛을 향해 가지를 뻗을 수 있어. 우리는 다 그렇게 크고 있단다."

어느덧 산속에 온 지 보름이 지났다. 첫째 주에 나는 그냥 푹 쉬고만 싶었다. 그래서 자다가 먹다가 눕다가 책 좀 읽다가 또 먹는 그런 나날을 보냈다. 둘째 주에는 내내 걷거나 일기를 쓰고 채소를 듬뿍 넣은 걸쭉한 수프를 끓여 먹었다. 그러는 사이 가을 끝자락이 지나갔고, 낙엽을 떠나보낸 나무는 이제 헐벗었다. 겨울 냄새를 코끝으로 느끼지만, 아직 눈이 내리진 않았다. 앙상한 나뭇가지가 또렷이 골격을 드러냈고, 뿌리를 뻗은 땅의 모습도 선명히 보였다.

통나무집의 밤은 솔직히 좀 으스스하다. 그럴 줄 알고 18평짜리 통나무집에 골든레트리버 샤카를 데려왔다. 으스스한 밤, 샤카는 더할 나위 없이 든든한 친구지만, 가끔은 허공을 보고 짖어 나를 섬뜩하게 만들기도 한다. 그럴 때는 얼른 책부터 집어 든다. 읽으려고 몇 달 동안 벼르던 책을 잔뜩 짊어지고 온 보람이 있다. 영양(羚羊)부터 지르코늄까지 지구상에 있는 모든 존재의 이름이 담긴 백과사전도 챙겼다. 잡생각이 날 때 읽으면 제격이지 않을까? 각종 노트와 스케치북, 수채화 물감도 가져왔다. 6개월 동안 다 쓸 수 있나 싶지만 없는 것보다는 나으니까.

음악도 종류별로 준비했다. 말러, 모차르트, 슈베르트의 클래식부터 기분 전환을 위한 브라질 길거리 음악과 바비 맥퍼린 Bobby McFerrin(1950~)*, 스윗 허니 인 더 락Sweet Honey in the Rock** 의 앨범까지 없는 거 빼고 다 있다. 참, 바로크 음악도 빠질 수 없다. 뭐가 듣고 싶을지 모르니까.

그래도 밤이 길고 길 때는 역시 일기만 한 게 없다. 일기장은 마음을 비추는 거울이자 마음의 모습을 보여주는 지형도 같다. 내 마음을 나도 모르겠고 혼란스럽기만 할 때, 나는 일기장을 펼친다. 아무것도 할 수 없는 날에는 일기장을 펼쳐놓고 책상에 엎어졌다가, 마음에 맺힌 슬픔과 그저 그런 사연을 하염없이 쏟아냈다.

책도 음악도 일기도 통하지 않는 날에는 가만히 창문 밖을 바라보기만 했다. 한 시간 남짓 하염없이 창문만 보다가 화들짝 놀란 적도 있다. 무려 45분 동안 완전히 아무 일도 하지 않다니! 대체 얼마 만이야? 후련하면서도 찝찝한 생각이 스멀스멀 올라왔다. 너무 아무것도 안 했나 싶으면서 삶을 낭비하는 게 아닌가

* 미국 최고의 아카펠라 가수이자 지휘자다.
** 아프리카계 미국인들로 이루어진 아카펠라 그룹이다.

하는, 뭐 그런 생각들. 지켜보는 사람도 없고 게으르게 산다고 누가 신고할 리도 없건만 괜히 눈치가 보였다. 지난 두 주 동안 내가 한 일이라곤 내 안으로 한 발짝, 한 발짝 걸어간 것뿐이다. 내 안의 어둠과 고요를 향해, 어떻게 탄생했는지 나조차 모르는 곳이지만 그냥 뚜벅뚜벅 나아갔다.

***

나는 폭풍 같은 일을 겪은 끝에 산속으로 향했다. 그중에는 데이비드 화이트David Whyte(1955~)*의 역할도 컸다. 화이트는 자신의 인생을 송두리째 바꾼 순간을 내게 말해줬었다.

"친구이자 수도사인 데이비드 스타인들-라스트David Steindl-Rast(1926~)**가 제게 이렇게 말했어요. 탈진의 치료법은 휴식이 아니라 온전한 마음이라고요. 우리가 지치는 이유는 온전한 마음 없이 그저 바쁘게 일을 하기 때문이래요. 이 말을 들은 순간 모든 게 바뀌었어요. 당시 저는 쉽게 지치고 일에서 의미를 찾지 못하고 있었거든요."

화이트의 이야기를 들으며, 나 역시 용기를 내어 물어야 한다고 생각했다. 하지만 내가 무슨 생각을 하는지조차 모르고 사는데, 어떻게 나와 대화를 할 수 있나? 화이트의 말을 듣고 몇 주

---

* 아일랜드 출신의 시인이다.

** 가톨릭교회의 수도사이자 작가, 강연가이다.

가 흘렀지만, 나는 늘 그렇듯 일에 치이다가 퇴근 후에는 TV만 들여다봤다. 주위 사람들은 다음 세 가지 말을 귀에 딱지가 앉도록 반복했다.

"의미는 개뿔."

"시간이 없는걸."

"될 대로 돼라그래."

이런 말을 할 때는 입을 반쯤 벌리고 팔을 축 늘어뜨린 다음, 아주 살짝 어깨를 올리는 게 포인트다.

무슨 일이든 의미가 없다고 느끼는데, 어떻게 마음을 다할 수 있을까? 시간이 없는 게 아니라, 시간을 낼 마음이 없는 건 아니고? "될 대로 돼라!"를 외치며 사는데, 영혼이 충만하면 그게 더 이상하지 않나? 갖가지 질문이 떠올라 나는 머리가 터질 것만 같았다. 나를 비우지 않으면 온전한 마음이나 삶의 의미 같은 건 구경도 못 할 거라는 생각이 들었다. 다른 사람의 말과 생각에서 벗어나야 나를 비울 수 있을 것 같았다.

많은 사람이 진짜 자신의 모습을 직면하는 걸 두려워한다. 그동안 세상이 바라는 대로 나를 포장하라고, 사람들이 좋아하는 행동만 하라고 배웠으니까 당연한 결과일지 모른다. 우리는 진짜 자기를 만나게 될까 두려워 자신을 비우지 못한다. 그래서 내가 어떻게 살아야 하는지, 무엇을 주기 위해 세상에 태어났는지 생각하지 못한다.

나를 잘 알지도 못하는 사람이 내게 꼬리표를 붙였다면, 당장 떼어내자. 다른 사람의 의견, 생각, 판단, 평가 때문에 마음속이 복잡하다면, 싹 비워버리자. 우리는 먼저 내면을 대청소하며 자신을 비워내야 한다. 그래야 숨어 있는 진짜 자신을 찾을 수 있다.

자신의 참된 모습을 미처 찾지 못한 사람이 훨씬 많을 것이다. 어쩌면 먼 미래에 자신의 모습을 찾게 될 거라고 낙관적으로 생각하는 사람이 있을지도 모른다. 하지만 상상이 현실이 되려면, 그러니까 진짜 내 모습을 마주하려면 스스로 자신을 비워야 한다. 그래야 내면에 조용히 집중하고 내 삶의 뼈대를 볼 수 있다. 그 이후에야 비로소 나에게 맞는 미래를 펼칠 수 있을 것이다.

당신은 어떤가? 나는 지금 이 책을 읽고 있는 당신이 궁금하다. 당신도 용기를 내서 자신과 대화를 나눠야 할까? 어떤 대화가 왜 필요할까? 그 대화는 어떻게 시작할 수 있을까?

우리가 고요히 내면에 집중할 수 있기를, 거센 바람에 흩날리는 연처럼 온갖 생각과 판단이 마음을 흐려도 자신에게 쉼을 허락하기를 기도한다. 느리지만 꾸준히 마음을 열고 다가가 마침내 참된 자신을 만나도록 마음을 다해 기도한다.

우리 마음속에는 두려움이라는 섬이 있지만, 지혜와 진실의 땅도 있다. 그리고 지혜와 진실의 땅에는 삶의 목적과 열정이 숨어 있다. 하지만 내면의 지형을 알지 못하는데 어떻게 지혜와 진실의 땅에 닿을 수 있을까? 우리는 삶의 목적과 열정을 찾아야 한다. 지혜와 진실의 땅에 닿지 못한다면, 살아도 산 게 아니다.

때로 질문은 위험하다

요즘은 데이터를 수신하고 이용하고 저장하고 변형하고 전달하는 일이 활발히 일어난다. 상상을 초월할 정도로 말이다. 하지만 이런 일은 인지적으로 수준이 낮은 형태라고 볼 수 있다. 깊은 사고가 필요하지 않기 때문이다. 우리가 데이터와 정보의 늪에서 허우적대는 사이, 안타깝게도 이해와 지혜는 퇴화하고 있다.

– 디 혹Dee Hock(1929~2022)*, 《카오딕: 혼돈과 질서의 혼재Birth of the Chaordic Age》 중에서

이야기처럼 깊은 의미를 술술 전하는 수단이 또 있을까? 나는 이야기가 의미는 물론 그 너머에 있는 의식과 문화까지 쉽게 전달한다고 생각한다. 그래서 이번 장에서는 12세기에 성배를 찾아 떠난 소년의 모험담을 말하고자 한다. 이 모험담은 수많은

* 비자Visa사의 창립자이다.

버전으로 각색됐지만, 내가 고른 이야기에는 주목할 만한 특징이 있다. 주인공이 죽어가는 땅, 목적을 잃은 사람, 길을 잃은 영혼에게 새 삶을 불어넣으려 애쓰는 과정이 녹아 있기 때문이다. 주인공은 어떻게 새 삶을 가져올 수 있었을까?

옛날 옛적에 나는 새도 떨어뜨리는 위엄 넘치는 왕이 있었습니다. 왕의 이름은 아서였어요. 왕은 만물을 다스렸고, 모든 백성에게 존경을 받았답니다. 하지만 어느 날, 전투 중에 크게 다치고 말았어요. 비록 생명에는 지장이 없었지만, 왕은 그날 이후 바깥출입을 끊었죠. 사악한 마법에 걸렸기 때문이에요. 왕은 더이상 백성을 돌보지 않았고 땅도 전혀 신경 쓰지 않았어요. 그러자 왕국은 점점 생기를 잃었고 사람들의 영혼은 여기저기 배회했지요. 모두 하루하루 주어진 일을 했지만, 축 처져 있어서 졸고 있거나 최면에 걸린 것처럼 보였죠. 모두 삶의 목적을 잃었던 거예요.

한편, 왕궁에서 멀리 떨어지지 않은 숲속에 파르지팔이라는 소년이 살고 있었어요. 곧 성년이 되는 파르지팔은 아버지가 없었지만 늘 밝고 쾌활하며 진솔했어요. 어느 날, 파르지팔은 숲속을 거닐다가 왕의 기사들이 말을 타고 달려가는 모습을 봤어요. 기사들의 빛나는 모습을 보자마자 자신도 기사가 되겠다고 결심했죠. 엄마 헤르체라이데가 완강히 반대했지만, 파르지팔은 포기하지 않았어요. 그는 짐을 챙겨 곧장 왕궁을 향해 떠났답니다.

하지만 왕궁에 들어선 파르지팔은 몹시 실망했어요. 장엄한 카멜롯 왕궁의 모습은커녕 어떤 씨앗도 자라지 않는 황무지뿐이었기 때문이었죠. 알고 보니 왕의 사타구니에 치명적인 상처가 생겨 왕궁의 생명력이 사라졌던 거예요. 궁인들은 그저 발만 동동 구를 뿐 어떤 대책도 마련하지 못했습니다.

파르지팔은 우선 기사가 되기 위해 도전했어요. 말과 무기를 받고, 왕의 전사 중에서 가장 뛰어난 기사와 결투를 벌였죠. 놀랍게도 파르지팔이 결투에서 승리했고, 무시무시한 상대의 갑옷을 얻었어요. 파르지팔의 승리를 두고 운이 좋았다고 말하는 사람도 있었지만, 대부분은 파르지팔의 순수한 마음이 신의 축복을 불러왔다고 생각했지요.

파르지팔은 충실한 기사답게 진심으로 왕을 돕고 싶었어요. 하지만 어떻게 왕의 상처를 치료할지 도무지 알 수 없었죠. 묻고 싶은 질문이 정말 많았지만, 입이 쉽게 떨어지지 않았어요. 엉뚱한 질문을 해서 사람들을 당황스럽게 만들지 말라던 엄마 말씀이 귓가를 맴돌았기 때문이지요. 그래서 파르지팔은 질문하지 않고, 왕을 도울 수 있다는 성배를 찾아 모험을 떠났어요.

파르지팔은 산을 넘고, 바다를 건너고, 보이지 않는 길을 헤맨 끝에 마침내 성배를 찾았어요. 그리고 성배에게 상처 치료법을 물었죠. 하지만 성배는 아무런 대답을 하지 않았어요. 그 대신, 왕이 느끼는 고통을 파르지팔의 심장에 생생히 전달했답니다. 5월 첫째 날, 파르지팔은 근사한 백마를 타고 성으로 돌아왔어요. 그리고 사경을 헤매고 있는 왕에게 급히 달려갔죠. 왕의 모습을 보자 파르지팔의 마음에 깊은 연민이 솟아났어요. 묻기를 주저하던 마음도 눈 녹듯 사라졌죠. 파르지팔은 왕 옆에 무릎을 꿇었어요. 그러자 왕에게 감히 하지 못했던 질문이 자연스레 흘러나왔습니다.

"무엇이 폐하를 그리 힘들게 합니까?"

누구도 묻지 않던 질문을 던지자, 왕을 옭아매던 마법이 풀렸어요! 왕의 상처가 씻은 듯이 나았고, 땅과 백성들은 생명력을 되찾았죠. 왕과 궁인들은 모두 파르지팔에게 경의를 표했어요. 왕은 축배를 들며 이렇게 말했답니다.

"지금 흔들리고 있다면 이 말을 잊지 마시오. 우리의 하루에는 새로운 구원의 희망이 있습니다!"

누구도 감히 왕에게 묻지 못했을 때 파르지팔은 진솔한 질문을 던졌다. 질문을 듣자 마법이 풀렸다는 말은, 질문 덕분에 자신을 돌아보게 됐다는 뜻일지 모른다. 하지만 우리는 진짜 해야 할 질문 대신 매일 똑같은 질문을 던지며 하루를 시작한다. 나는 일어나자마자 늘 이렇게 말했다.

"오늘 애들을 데리고 어디를 가더라? 도쿄 시장 상황이 왜 저래? 잠깐, 사무실에 가면 누구한테 먼저 전화해야 하지?"

이런 질문은 마취제처럼 우리를 익숙한 세계에서 점점 헤어

나지 못하게 만든다. 그리고 우리는 뻔한 모습으로 점점 변해간다. 쩔쩔매는 워킹맘이나 괴팍한 기업가가 되는 것이다. 우리 삶의 차이를 만드는 건, 자신에게 습관적으로 어떤 질문을 던지느냐가 아닐까. 최근에 나는 한 시인에게 매일 아침 어떤 질문을 하는지 물었다. 그녀는 질문을 듣자 바로 답했다.

"알람이 울리기 전, 무슨 생각을 했는지 물어요. 꿈에서 제가 어떤 모습으로 나왔는지 생각하고요."

나는 똑같은 질문을 어떤 기업인에게도 했다. 그는 침대에 누워서 이렇게 묻는다고 말했다.

"오늘은 또 무슨 문제를 해결해야 하나?"

둘은 매우 다른 삶을 살아간다. 자신에게 무심코 던지는 질문이 전혀 다르기 때문이다.

질문은 때때로 위험하다. 새로운 질문은 편안하고 익숙한 세계를 벗어나 우리를 벼랑 끝으로 몰아세운다. 그래서 새로운 질문을 하는 일에는 큰 용기가 필요하다. 질문 끝에 세상을 새롭게 인식하고 낯선 세계를 탐험하게 될 수도 있기 때문이다. 그동안 묻지 못하고 피해왔던 질문이 있다면 내가 무슨 말을 하는지 잘 알 것이다. 나 역시 두려움 때문에 차마 스스로 묻지 못한 질문이 많았다. 나는 "어째서 일에서 의미를 찾을 수 없지?", "이 관계를 유지하느라 내 영혼이 말라가고 있나?"라고 물어야 했다. 또는 메리 올리버Mary Oliver(1935~2019)*가 우리를 각성시켰듯, "삶이라고 불리는 하나밖에 없고 소중하고 개척되지 않은 시간을 어떻게 보내야 하는가?"라고 물어야 했다.

나는 학교에 다닐 때 완벽한 정답을 말하려고 정말 애썼다. 햄스터처럼 양 볼에 지식을 욱여넣고는 적당한 질문을 받으면 기다렸다는 듯 뱉어냈다. 하지만 암은 어떤 답을 말해도 만족하지 않는 선생님이었다. 파르지팔이 왕에게 물은 것처럼, 내가 마음을 여는 질문을 스스로 던지기를 기다릴 뿐이었다. 나는 내게 질문하며 냉소, 두려움, 불안함에서 비롯된 무감각에서 벗어날 수 있었다. 나는 파르지팔처럼 진솔하게 물었다.

"뭐가 그렇게 힘들까?"

나는 진솔한 질문만이 마음속 공허함을 풀어줄 수 있다고 생각한다. 또한 진솔하게 물어야 내가 정말 어떻게 느끼는지 들을 수 있다고 믿는다. 자신에게 솔직해야 아픔을 겪고도 "상처에서도 사랑이 자라나네."라고 말할 수 있지 않을까?

**

당신은 답할 수 없는 질문을 품을 수 있나? 미스터리 속에서 살 수 있나?

질문을 떠올릴 때 가장 필요한 자세는 적극적으로 배웠던

---

* 미국 출신 시인으로 퓰리처상 등을 받았다.

어린 시절의 모습을 닮는 일이다. 다섯 살짜리 아이와 10분만 있다 보면 질문 폭격을 맞는 것처럼, 세상을 바꾼 위대한 사람들은 늘 질문을 품고 살았다. 알베르트 아인슈타인Albert Einstein (1879~1955), 버지니아 울프Virginia Woolf(1882~1941), 올더스 헉슬리 Aldous Huxley(1894~1963), 하워드 서먼Howard Thurman(1899~1981)* 등의 일기장에는 그들이 살아가는 내내 던진 질문이 빼곡했다. 그들은 정답도, 한계도 없는 열린 질문을 던지며 그네를 타고 놀 듯 질문을 이리저리 생각했다.

특정한 질문은 우리 직관 안에 존재하는 삶의 목적과 열정을 깨운다. 우리가 일상에서 그리는 빽빽하고 작은 점에서 한 발짝 물러나, 삶이 그리는 전체 모습을 인식하도록 도와준다. 그 덕분에 우리는 자신이 누구이고 왜 살고 있는지 깊이 생각할 수 있다. 그리고 질문을 던진 끝에 공허함에서 벗어나 마음을 열고, 경이로움을 느끼고, 마음껏 상상하고, 지혜를 얻을 수 있다. 물론 답할 수 없는 질문을 받으면 당혹스럽다. 하지만 우리에게는 답을 찾는 과정을 도와주는 존재가 있다. 바로 직관이다. 당황스러운 질문을 받고 하염없이 고민한 적이 있나? 그러다 에라 모르겠다 싶어 샤워나 했는데, 갑자기 질문을 전혀 다른 각도에서 바라보게 된 적은? 수수께끼가 순식간에 풀리는 과정을 나는 '머릿속

---

* 미국의 흑인 인권운동가이자 작가이다.

신진대사'라고 부른다. 우리의 직관이 의식 몰래 질문을 이해하고 곱씹고 소화한 결과다.

뇌는 기본적으로 정보를 분석하지만, 직관을 사용해 단번에 파악하기도 한다. 분석과 직관은 서로 도우며 부족한 부분을 채워야 하지만, 안타깝게도 대부분 힘겨루기를 하다 끝난다. 우리는 학교에서 배운 것처럼 상황을 보자마자 분석을 마치고, 답이 맞았는지 틀렸는지, 옳은지 그른지 생각한다. 그러면 부끄러움이 많은 직관은 두더지처럼 땅으로 쏙 들어가고, 상황의 이면을 파악할 기회는 영영 사라진다. 분석은 잘못 쓰이면 생각을 마비시킨다. 우리는 유체 이탈이라도 한 듯 세상에서 벗어나 이러쿵저러쿵 평가만 하는 구경꾼이 된다. 이런 태도는 흔히 객관성으로 둔갑한다.

하지만 분석과 직관이 손을 잡으면 결과는 달라진다. 통찰력 있는 질문을 분석적으로 생각하다 보면, 직관이 등장해 숲의 전체 모습이 보일 때까지 길을 만들어낸다. 예를 들어, "이게 정말 가능할까? 그렇다면 어떻게 될까?" 같은 질문을 던지면 직관은 수많은 가능성을 탐색하고 질문이 갖는 전체적인 의미까지 파악해낸다.

이렇게 탐색하고 탐구하는 과정은 소득세를 계산하는 일에는 그다지 쓸모가 없다. 하지만 삶의 목적과 열정을 찾아내려 한다면, 나와 세상이 관계 맺는 패턴을 파악하고 이해해야 한다. 그래야 새롭게 발견한 깨달음을 잘 받아들일 수 있다. 이 과정을 이 끄는 게 바로 직관의 역할이다. 개인의 진실은 분석만으로 또는 직관만으로 발견할 수 없다. 분석과 직관 사이에 질문을 열어놓고 고민해야 찾을 수 있는 것이다.

통나무집으로 명상을 떠나온 지 어느덧 두 주가 흘렀다. 나는 지금 '멍한 상태'에서 혼돈의 세계로 넘어갈 위험에 처했다. 그동안 외면하던 질문들이 물밀듯이 터져나왔기 때문이다. 지난 일요일 아침에는 머리 꼭대기까지 질문이 들이찬 것처럼 느꼈다. 그래서 나는 커다란 종이 한 장을 찢어 그 위에 질문을 쏟아냈다. 처음 쏟아낸 질문 서른 개는 별 의미도, 깊이도 없었다. 지난 몇 달 동안 아침에 습관적으로 던지던 질문과 비슷했다. 나는 계속 질문을 쏟아냈다. 질문 백 개를 채우기 전까지는 멈추지 않을 작정이었다. 똑똑해 보이거나 철학적으로 보이는 질문은 절대 쓰지 않겠다고 다짐했다. 나에게 진실한 질문을 쓰는 일이 가장 중요했다.

그다음에 써내려간 질문 서른 개는 특정한 주제를 드러내기 시작했다. 예를 들어, 내가 늘 고민하던 인간관계 같은 것이었다. 나는 질문을 계속 쏟아냈다. 점점 묵직하고 어두운 질문이 등장했다. 마지막으로 갈수록 나라는 존재의 축에 가까워지는 듯했다. 질문을 생각하는 것만으로 나를 둘러싼 중력장이 바뀔 것 같았다. 질문 백 개를 다 쏟아내자 얼굴이 핼쑥해졌다. 하지만 몇 달 동안 나를 옭아매던 걱정스러운 매듭이 풀어진 듯한 해방감을 느꼈다. 머릿속이 상쾌했다. 마치 태풍이 온갖 쓰레기를 치운 것 같았다.

나는 써내려간 질문을 응축하고 또 응축해서 정신을 깨워줄 강력한 질문 몇 가지로 만들었다. 질문들은 북극성을 이루는 별처럼 함께 나를 이끌었다.

가장 핵심적인 화두는 '분열된 삶'이었다. 나는 "분열된 삶에서 어떻게 벗어나지?"라고 질문하며 2주 동안 고민했다. 질문과 함께 생각이 흐르는 방향을 알아차렸고, 떠오르는 이미지를 그리고, 느끼는 감각을 기록하고, 생각나는 이야기를 적었다. 구령을 외치며 한 발짝, 한 발짝 스노슈잉snowshoeing*을 하듯이 리듬을 잃지 않으려 노력했다. 자기 전에는 일기에 질문을 적어, 자는 동안에도 무의식이 생각할 수 있도록 만들었다.

계속 질문을 탐구하다 보니 동반자가 절실히 필요했다. 하지만 누군가와 함께하면서도 나만의 고독을 깨고 싶지는 않았다. 그래서 나는 친구 서른다섯 명에게 편지를 보냈다. 삶의 축을 건드리고 정곡을 찌르는 질문을 내게 보내, 함께 질문을 탐구해보자고 제안했다. 그중 서른두 명에게서 답장이 왔다. 나는 엽서 서른두 장을 하나씩 책상 유리 밑에 끼웠다. 그러자 질문을 함께 탐

---

* 우리나라의 설피(雪皮) 같은 신발을 신고 눈 위를 걷는 스포츠이다.

험하는 동반자가 있다는 생각이 들었다. 친구들은 내게 이런 질문을 보내왔다.

"삶을 온전히 찬미하려면 죽음을 어떻게 생각해야 할까?" - 줄리

"어떻게 해야 연민의 마음을 적극적인 열정으로 바꿀 수 있을까?" - 리사

"내가 그려내는 삶은 어떤 모습일까?" - 글레나

"이 길 끝엔 뭐가 있으며, 누가 무슨 일을 누구에게 하고 있나?" - 리키

"재능을 어디에 쏟아야 할까?" - 웬디

"나의 어떤 모습을 왜 바꿔야 할까?" - 낸시

"나를 지키려고 발전시켜온 대처 기술이 느닷없이 사라지면 어떻게 살아야 할까?" - 데일

"나는 지금 어딜 가는 걸까? 정말 가고 싶은 건 맞나? 내가 할 수 있는 일이 없을까?" - 저스틴

"내게도 배짱이 생기려나?" - 리안

"나는 어디에 있게 될까? 마침내 자유로워지면 내가 느낄 수 있을까?" - 스테프

"나는 변화가 어떻게 일어난다고 생각하지?" - 베스

"일은 하는데, 대체 무슨 일을 하고 있지?" - 글레니퍼

"어떻게 해야 사람과 동식물이 모두 잘사는 환경을 만들어, 연민이 넘치고 회복력이 강한 사회를 물려줄 수 있을까?"- 비

"가장 진정한 내가 되려면?"- 마르진

"내가 선택한 것이 생명과 에너지로 가득 차 있나?"- 주디

나는 백 개 질문 중에서 핵심을 고르고 또 골랐고, 질문을 탐색하며 떠오른 이야기와 이미지와 꿈을 담아 이 책을 만들었다. 질문을 던지지 않았다면, 이 책은 뼈대 없는 몸이 되었을 것이다.

나는 이 책을 읽고 있는 당신이 궁금하다. 당신이라면 어떤 질문을 내게 보냈을까? 그리고 어떤 질문이 당신 마음속에 깊은 궁금증을 일으켰을까? 이 여정에 함께하는 동반자로서 나는 당신에게 두 가지 질문을 던지고 싶다.

"어떤 사람, 장소, 사건, 상황이 당신의 에너지를 갉아먹는가? 무엇이 당신에게 에너지를 주는가?"

"당신이 하기에 너무 이른 것, 너무 늦은 것, 또는 적절한 것은 뭐라고 생각하나?"

우리가 모두 자신에게 질문하는 용기를 가졌으면 좋겠다. 마음을 자유롭게 하고 영혼을 강하게 하는 질문을 자신에게 던지기를 간절히 기도한다.

목적을 찾는다는 명분으로 내면으로 들어가는 일은, 배에 오르면서 한쪽 발을 나루터에 걸치는 일과 같다. 내면을 탐색하려

는 영혼과 사람들과 어울리고 싶은 마음이 팽팽히 힘겨루기를 한다고 할까. 그러다 엄청난 고독을 느끼고 더는 밖에서 에너지를 끌어올 수 없다는 사실을 깨달을 때, 우리는 현실을 직시하게 된다. 그렇게 찾아 헤매던 의미 있는 삶이라는 게 그저 회피 수단에 불과했다는 사실을. 우리는 고통을 온전히 마주할까 두려워 목적이라는 허울을 찾아 헤매고 있었다.

나와 내가 친구 되기

조용한 곳에 혼자 있어도 나는 혼자가 아니다. 고요함 속에서도 지구의 움직임과 계절의 변화, 다른 생명의 숨결을 느낄 수 있다. 그 순간, 나는 세상의 고통에 연결되고 내가 할 수 있는 치유를 시작한다. 고통을 사랑으로 바꾸는 일은 인류를 위한 봉사이다. 나는 내 존재를 포용함으로써 사람들에게 용기를 줄 수 있다. 고통을 마주하고, 고통이 가르쳐준 진리를 받아들이는 용기 말이다.

– 야엘 베트하임Yael Betheim(1950~2018)[*], 〈치유하지 못한 삶The Unhealed Life〉 중에서

항암 치료를 받느라 병원에 있을 때 제일 반가웠던 사람은 커다란 빗자루를 들고 바닥을 청소하는 자메이카인 아주머니였

[*] 이스라엘 출신 작가로 강직성 척추염을 앓아 거동할 수 없었지만, 학대 피해자를 돕는 등 사랑을 실천했다.

다. 병원에서 쉰 명이 넘는 사람을 만난 날도 있지만, 수십 명 가운데 오직 그녀만이 나를 바꾸려 하지 않았다. 그녀는 자기 생각을 주입하지도, 내 생각을 고치려 하지도, 바보 같은 질문을 던지지도 않았다. 그저 매일 밤, 몇 분 동안 내 곁을 지켰다. 그녀는 밤마다 빗자루를 벽에 세우고, 내 침대 옆에 놓인 청록색 의자에 털썩 앉았다. 들리는 거라곤 그녀가 숨을 들이마시고 내뱉고, 다시 들이마시고 내뱉는 소리뿐이었다. 하지만 이상하게도 이 단순한 행동이 참 위안이 됐다. 나의 호흡도 그녀를 따라 점점 안정되고 편안해졌다.

어느 날, 아주머니가 내 발에 손을 올려놓았다. 나는 가벼운 신체 접촉을 썩 좋아하지 않았지만 어쩐지 그녀 손길만큼은 편안하게 느꼈다. 내 신체 중 그나마 성한 곳에 그녀 손이 있는 모습이 자연스럽게 보였달까. 그녀는 숨을 들이마시고 내쉴 때마다 한 단어씩 천천히 발음했다.

"있는… 그대로… 있는… 그대로…."

이튿날, 아주머니는 내 곁에 앉아 나를 지그시 바라봤다. 갈색 눈에는 어떤 평가도 추측도 담겨 있지 않았다. 그리고 낮지만 단호한 목소리로 말했다.

"당신은 몸속의 병보다 강해요."

그 한마디가 내 마음에 크게 다가왔다. 사실 그때 나는 약에 취해 있어서 그녀 말을 제대로 알아들었는지 확신하지 못했다.

머리가 너무 어지러워서 붙잡고 물어볼 수도 없었다.

하지만 이튿날 나는 온종일 그 말을 중얼거렸다.

"나는 몸속의 병보다 강해."

아주머니 목소리가 선명히 떠올랐다. 봄날의 메이플 시럽 같은 진하고 울림 있는 목소리가 귓가를 울리는 것 같았다. 덕분에 나는 깊은 평온함 속에서 호흡할 수 있었다.

이튿날 밤, 간호사가 진통제 주사를 가져왔을 때 나는 맞지 않겠다고 말했다. 밤마다 찾아오는 천사가 정말 아주머니가 맞는지 또는 약이 만들어낸 환각인지 알아내고 싶었다. 침대에 누워 한 시간 정도 기다리자, 빗자루로 대리석 바닥을 쓰는 소리가 들렸다. 그리고 아주머니 몸이 출입구를 꽉 채우더니 병실에 기다란 그림자를 드리웠다. 그녀는 침대 옆에 놓인 의자에 앉았다. 그때 나는 꽤 강렬한 고통을 느끼고 있었다. 아주머니는 깊게 호흡하더니 몇 분 후 이렇게 말했다.

"당신은 몸속의 고통이 아니에요. 고통이 몸 안에 있지만 당신은 고통보다 강해요."

나는 그녀 손을 잡았다. 그녀 손은 차갑고 거칠었다. 그녀가 내 손을 뿌리치지 않을 거라는 사실을 느꼈다. 그녀는 계속 말했다.

"당신은 몸속의 두려움이 아니에요. 당신은 두려움보다 더욱 강하죠. 두려움 위에 떠봐요. 당신은 두려움 위에서 떠다닐 수 있어요. 당신은 고통보다 강하답니다."

나는 호수에서 배영을 할 때처럼 조금씩 깊게 호흡하기 시작했다. 그러자 다섯 살 때 조지호Lake George*에서 수영하던 일이 떠올랐다. 일곱 살 때 코니아일랜드Coney Island** 앞 대서양에서 수영하던 순간과 스물여덟 살 때 아프리카에 접한 인도양에서 헤엄치던 장면이 서서히 되살아났다. 내가 어떤 설명도 하지 않았지만, 자메이카에서 온 천사는 고통보다 깊고, 두려움보다 넓은 평안의 원천으로 나를 이끌었다.

빗자루를 든 천사를 만난 지 어느새 30여 년이 흘렀다. 나는 퇴원한 이후에 그녀를 찾으러 몇 달 동안 노력했지만, 끝내 찾지 못했다. 그녀 이름조차 제대로 아는 사람이 없었다. 누구도 그녀를 신경 쓰지 않았지만, 그녀는 연민 어린 마음을 갖고 진심으로 내 영혼을 어루만졌다. 그녀가 내민 따스한 손길이 아직도 내 영혼에 남아 있다.

자메이카에서 온 천사의 가르침은 내 안에 뿌리를 내리고 무럭무럭 자라났다. 나는 항암 치료를 받으며 그녀의 말을 꾸준히 되새겼고, 가르침은 점점 자라 줄기를 뻗치고 넝쿨을 이뤘다. 그리고 지금, 내가 홀로 있는 척박한 산에서 산딸기나무처럼 풍성

* 미국 뉴욕주에 있는 호수. '미국 호수의 여왕'이라는 별칭이 있다.
** 뉴욕 브루클린 남쪽 해안에 있는 위락지구. 뉴욕만을 사이에 두고 대서양에 닿아 있다.

한 열매를 맺었다.

***

　홀로 시간을 보낼 때 가장 중요한 점은 자신을 벗겨내고 또 벗겨내 나의 본질을 보는 일이다. 하지만 이 과정이 생각처럼 순탄하거나 평화롭지만은 않다. 내게 합기도를 가르치던 선생님은 언젠가 이런 말을 했다.

　"잔잔한 물처럼 마음을 가라앉히세요. 물결이 사라지고 표면이 유리처럼 매끈해질 때까지 마음을 다스리세요."

　선생님은 마음이 잔잔해진 이후에 일어날 일, 즉 우리가 평화는커녕 엄청난 혼란을 느낄 거라는 점을 말하지 않았다. 잔잔해진 마음을 들여다보는 순간, 우리는 바닥에 가라앉은 온갖 쓰레기를 선명히 마주하게 된다. 마음의 물결이 일었다면 흙탕물에 가려 볼 수도 없고 치울 필요조차 없었을 쓰레기가 버젓이 나타난다.

　우리 대부분은 마음속 '쓰레기', 즉 고통이나 두려움과는 최대한 멀어지라고 배웠을 거다. 그래서 나 역시 고통과 두려움을 외면하고, 느끼지 않으려 노력했다. 하지만 자메이카에서 온 천사는 나의 고통과 두려움을 외면하지 않았다. 그녀는 시련에 마음을 여는 또 다른 방법을 내게 알려줬다. 먼저, 우리는 마음에 널찍한 공간을 만들어야 한다. 고통, 혼란, 두려움, 온갖 잡생각보다 내가 훨씬 크고 강하다는 생각을 되새겨야 마음에도 공간이 생긴다. 그때 우리는 상처와 연결될 수 있다. 나는 이 과정을 겪으며 연민이야말로 아픔과 시련을 대하는 적절한 반응이라는 사실을 알게 됐다. 지금 일어나는 일을 외면하거나 회피하는 대신, 마음을 열고 다가가려면 우리는 연민의 마음을 가져야 한다.

내 삶의 또 다른 위대한 스승이자 《죽음의 수용소에서Man's Search for Meaning》를 쓴 빅터 프랭클Victor Frankl(1905~1997)*은 내게 개인의 자유를 알려줬다. 그는 강제 수용소에 있으면서 인간은 주어진 상황에 외적이든 내적이든 의미를 부여할 자유가 있다는 사실을 깨달았다. 나치에게 고문을 당하고 극심한 배고픔에 시달렸지만, 그는 전쟁이 끝난 후 전 세계에 평화를 전하기 위해 이런 경험을 한다는 믿음을 저버리지 않았다. 그와 비슷한 상황에 처한 많은 이는 스스로 희생자로 여겼지만, 프랭클은 그 생각을 거부했다. 그 대신 자신을 승리자라고 믿었다.

나는 두 위대한 영혼을 보고 교훈을 얻었고, 그 덕분에 능숙하게 시련과 친구가 될 수 있었다.

처음 암 진단을 받았을 때, 주변 사람들은 모두 암을 이겨내야 할 적으로 대했다. 의료진과 한 팀이 되어 함께 암을 무찔러야 한다고 당부한 사람도 있었다. 하지만 이런 말들은 내게 맞지 않

---

* 오스트리아 출신의 유대인 정신과 의사로, 아우슈비츠 수용소에서 살아나온 후 《죽음의 수용소에서》를 썼고, 세계적인 베스트셀러 작가가 되었다.

았다. 나는 팀 대항전을 할 때마다 마지막에 가서야 뽑혔고, 응원석에서 선수들을 격려할 때 훨씬 행복했다. 무엇이든 싸워 이기는 일에는 소질이 없었다. 나는 내 방식대로 암을 대하겠다고 남몰래 마음먹었다. 치료 과정이 주는 의미는 내가 직접 선택할 수 있다는 사실도 되새겼다. 나는 암과 우호적인 관계를 맺고 싶었다. 그게 내가 잘하는 일이었다.

사람들과 금세 친해졌던 것처럼 나는 암과 친구가 되는 일에 성공했다. 하지만 산속에서 홀로 지내는 일에는 더욱 높은 수준의 친화력이 필요했다. 영혼을 만나려면, 영혼 앞을 지키는 '의심'이라는 문지기와 친해지는 법을 알아야 했기 때문이다. 내면의 문지기들은 최선을 다해 진짜 내 모습이 드러나는 걸 막고 있었다. 그림자도, 실패도, 성공까지도 꼭꼭 가두고 있었다. 문지기들은 내가 언니나 친척들 또는 남편을 거스르지 못하게 막았다. 친밀한 사람의 기분을 상하지 않도록 내 진짜 모습을 감추는 일이 그들의 임무였다.

이런 나 자신과 친해지는 과정은 마치 노숙자 쉼터를 여는 일과 비슷했다. 도망친다는 사실조차 의식하지 못한 채 오랫동안 도망치던 나의 초라함과 천박함이 추레한 몰골로 눈앞에 등장하는 것처럼. 나는 이제 자신에게 온전한 진실만을 말해야 했다. 자신과 친구가 된다는 말은 나의 경험을 무시하지도, 억누르지도, 바꾸려 하지도 않고 알아차린다는 뜻이었다. 다른 사람에게 마음을 내주듯, 내가 나를 위한 피난처가 되어준다는 의미였다. 결국, 우리는 오랫동안 타인에게 쏟은 관심과 돌봄을 자신에게 쏟을 용기를 내야 한다. 용기를 내서 자신의 어둠을 받아들이고, 어둠 속에 뿌리를 내려 성장해야 한다.

오늘 아침, 나의 '훈련 과정'은 이렇게 흘러갔다.

'지금 나는 앉아서 눈물이 흐르도록 두고 있다. 눈물이 솟구치는 이유는 중요하지 않다. 그저 감정 그 자체, 바로 감정에서 흘러나오는 에너지를 느낀다. 좋아. 이제 내려놓자.

나는 두려움 자체를 온전히 느끼고 있다. 그래, 이제 내려놓자.

나는 두려움을 떠올린 채 찾아온 감정을 온전히 느끼며, 스스로 겁쟁이라고 말한다. 그래, 이제 내려놓자.

나는 판단에서 비롯된 슬픔과 함께 가슴, 배꼽, 목구멍에서 전해오는 모든 감각을 온전히 느낀다. 이제 내려놓자.

나는 벌거벗고 나약해진 감정을 온전히 느낀다. 이야기를 만들어 그럴싸하게 꾸밀 필요는 없다. 감정은 그럴듯한 이야기보다 더욱 생생하다. 온몸을 흐르는 에너지가 되어 나를 관통한다. 영혼이 눈물로 자신을 씻어낸다. 이제 모든 걸 내려놓자.'

그럴듯한 이야기를 '내려놓고' 경험을 있는 그대로 받아들이자, 사람들이 나와 비슷하게 느꼈을 거라는 생각이 들었다. 내가 느끼는 두려움과 나약함을 모든 사람이 경험했을 것이다. 이렇게 생각하니 마음이 한결 자유로웠다.

앤 모로 린드버그는 이렇게 말했다.

"자신과 친하지 않은 사람은 누구와도 친하게 지낼 수 없어요. … 자신의 본질과 연결될 때만 우리는 타인과 연결될 수 있죠."

우리는 자신의 본질과 연결되어야 타인의 경험을 온전히 이해할 수 있다. 자신의 참모습을 마주해야 시련을 저주하고 억압하며 분노하는 대신, 시련에서 의미를 찾을 수 있다. 자신의 마음과 생각에 관심을 두고 침묵 속에서 마음과 생각을 살필 때, 영혼의 고요하고 작은 목소리가 삶의 목적을 다시 들려줄 것이다.

나는 이 책을 읽고 있는 당신이 궁금하다. 광활한 하늘 아래 고요히 걷거나 앉아 있을 때, 당신 마음은 어디로 향하는가? 그런 생각을 알아차리는 '당신'은 누구인가?

삶의 목적을 찾는 과정에 자신과 타인을 향한 연민이 함께하기를, 나의 목적을 찾는 순간이 조약돌을 던진 강물처럼 퍼져나가 우리 모두에게 닿기를 간절히 기도한다.

2장

불
꽃

열정이 사라졌다

씨앗에서 뿌리가 자라고 새싹이 돋는다. 새싹에서 떡잎이 나고 떡잎에서 줄기가 생긴다. … 씨앗이 자라난 건지, 토양이 씨앗을 키운 건지 우리는 단정할 수 없다. 성장의 잠재력이 씨앗에 숨어 있었다고 말할 수밖에. 씨앗에 깃든 신비로운 생명력이 적절한 돌봄을 받아 특정한 모양으로 피어난 것이다.
‒ M. C. 리처즈M. C. Richards(1916~1999)*, 《도예, 시, 그리고 사람을 중심으로Centering in Pottery, Poetry, and the Person》 중에서

산속에서 지낸 지 어느새 두 달째다. 나는 지금 엄마가 남긴 의자에 앉아 아빠 책상 위에 몸을 기대고 있다. 의자 위에는 내가 산 방석을 깔았다. 방석 위에 '우리 오두막에 온 걸 환영해.'라는

---

* 미국의 시인이자 도예가이다.

문구가 적혀 있다. 나는 의자에 앉아 창문 밖을 바라봤다. 왼쪽을 보든 오른쪽을 보든, 눈이 소용돌이치고 휘몰아치는 광경이 보인다. 커다랗고 오래된 가문비나무가 과묵한 근위병들처럼 통나무집을 에워싸며 지킨다.

어느새 오후 한 시가 지났지만 나는 아무것도 먹지 않았다. 배가 고프지 않았기 때문이다. 언제 음식이 필요한지 내 몸이 분명 알 거라는 생각이 들었다. 그때 몸이 보내줄 신호를 나는 기다리고 있다. 나는 오랫동안 머릿속에 자리한 습관적인 규칙과 지시 사항을 일부러 어기는 중이다. 나를 가둔 경직된 신념과 태도, 굳어버린 판단력과 사고의 흐름을 하나하나 벗기고 있다.

충만한 삶, 생생히 느끼는 삶, 목적을 향한 열정적인 삶이 뭔지 알고 싶었다. 그러려면 내가 누구고 어떤 사람인지에 대한 기존 생각을 모조리 버려야 했다. 그래야 세월에 따라 변한 내 모습을 제대로 볼 수 있을 것 같았다. 많은 사람처럼 내 머리 역시 지식으로 꽉 차 있었지만, 내 안의 무언가는 여전히 굶주리고 있었다. 나는 통나무집에 머물며, 그동안 움켜쥐고 있던 나에 대한 해석과 설명, 이야기를 모조리 비우려 한다.

주먹이 얼얼할 때까지 쥐고 있었잖아? 대체 언제부터지? 뭘 붙잡고 있던 거야? 무슨 해석이든 설명이든 이야기든 나는 내려놓고 싶다. 그저 내 마음과 영혼이 자유롭길 바랄 뿐이다. 비워내고, 자유롭기를! 나는 발버둥 치는 삶에서 벗어나, 뼛속 켜켜이

자리한 의심에서 자유롭고 싶다. 허전함에서 도망치는 일도 이제 그만하고 싶다.

나는 움켜쥔 주먹을 펴고 여러 해석과 설명과 이야기를 놓아주었다. 빈 주먹을 보며, 작은 새를 놓아준 것 같은 해방감을 느꼈다. 나는 두 손을 자세히 관찰했다. 왼쪽 손목에 있는 혈관 네 개가 강줄기처럼 보인다. 반면 오른쪽 손목 혈관은 거미줄 같다. 평생을 함께한 두 손이지만, 어릴 때 이후로 이렇게 자세히 관찰한 적은 처음이다.

나는 뭘 향해 손을 뻗고 있지? 익숙한 땅에서 벗어나 미지의 영역으로 가라고 나를 재촉하는 충동은 뭘까? 내 안에 피어나는 연기는 뭐지? 나의 열정이 사라졌다. 열정은 대체 어디로 간 걸까? 닳고 찢어져서 결국 해진 걸까? 무슨 일이 일어나고 있는데, 정체는 잘 모르겠다. 불빛에 달려드는 나방처럼 질문이 계속 머릿속을 휘저었다.

어제 나는 산속을 산책했다. 그러다 사시나무 가지 위에 매달린 꼬마쌍살벌 벌집을 발견했다. 빈 껍데기만 남은 벌집이 내게 말을 걸었다.

"나는 잿빛이고 이제 바짝 말랐어. 자궁 같은 둥근 벌집은 얇지만 질긴 껍질로 층층이 싸여 있지. 한때는 내 안에도 벌이 가득했어. 내 안에서 떼를 지어 다녔고, 언제나 내 주변에 있었지. 벌들은 서로 다른 의도와 방향을 갖고 살았지만, 또한 한 몸이기도

했어. 이제 그들은 떠났고 나는 텅 비었지. 어쨌든 나는 내 목적을 다한 거야. 나는 내 안에서 태어나 이곳에서 움직인 생명이 나를 잊지 않았으면 좋겠어.

벌집은 머릿속에 계속 떠올라 나를 괴롭혔다. 나의 열정을 비춰보라는 걸까? 나의 열정이 지금 저 벌집 같다는 말일까? 내가 말하는 열정은 성적 욕망이나 욕구를 뜻하지 않는다. 고급 브랜드의 44 사이즈 옷을 입고, 포르쉐를 몰고 나가 턱이 다부진 남자와 눈을 맞출 때 느끼는 그런 감정도 아니다. 열정은 모두의 내면에 존재하는 자연스러운 삶의 에너지, 즉 성장을 좇는 마음이다. 열정은 깊고 자연스럽게 흐르며, 내면에 중심을 두고 살라고 말한다. 내가 알고 공헌하고 받을 수 있는 모든 것에 손을 뻗어보라고 권한다.

작가 노먼 커즌스Norman Cousins(1915~1990)*는 심각한 질병에서 회복되는 것과 삶에 열정적으로 참여하는 자세 사이에는 상당한 연관성이 있다고 했다. 물론, 나는 열정적으로 살았고 암에서 회복됐다. 하지만 지금 생각해보면 열정이 있었다기보단 그냥 목적 없이 바빴던 것 같다. 언제나 지금 하는 일이 가장 급하다고 확인하며 살았으니까. 나는 인생을 살기에 더 좋은 장소를 찾아 이곳에 왔다. 하지만 왜 하필 여기였을까? 열정에 대해 쓰

---

* 미국 출신 언론인이자 평화운동가이다.

려고 왜 사방이 꽁꽁 언 장소를 골랐을까? 나는 앞으로 나아갈 길을 찾고 희미한 빛이라도 발견하고자, 어둡고 사람 손길이 닿지 않은 이 땅으로 왔다. 물론 자메이카나 하와이로 갈 수도 있었다. 보랏빛 푸크시아꽃과 살굿빛 부겐빌레아꽃이 만발하는 곳에서 칵테일과 망고 살사를 먹으며 시간을 보낼 수도 있었다. 햇볕에 몸을 잔뜩 그을린 채 헐벗은 옷차림으로 람바다 박자에 맞춰 엉덩이를 신나게 돌리는 일도 가능했다.

하지만 꽁꽁 언 이곳이야말로 나의 내면과 가장 닮아 있었다. 내가 살아온 번잡한 인생은 얼음 표면처럼 언뜻 잔잔하고 매끄러워 보였다. 하지만 표면 아래에서 영혼의 갈망이 끓어 넘치려 할 게 뻔했다. 물론 지금의 나는 느끼지 않는다. 그저 텅 비어 있다는 생각만 든다. 나는 끊임없이 변화하는 광활한 하늘 아래, 동면에 빠진 자연에 둘러싸여 있다. 내가 가진 열정의 불꽃도 이곳에 묻혀 있다. 나는 불꽃을 찾아내야만 한다.

나는 동면을 깨고 마음으로 들어갈 방법을 발견했다. 오직 신만 답할 수 있는 질문을 던지는 것이다. 답하기 불가능한 질문을 던진다면 얼어버린 마음을 깰 수 있다고 생각했다. 우리의 잃어버린 불꽃을 되찾는 방법은? 사랑이 정말 중요하다는 사실을 어떻게 기억할까? 영혼이 빠져나갈 때 되돌리는 법은?

나는 부패할 수 있는 건 뭐든 다시 소생할 수 있다고 여긴다. 그러니 내 안에서 사라진 듯한 열정도 되찾을 수 있다. 사실 열정은 어린 시절부터 우리 안에 자리하고 있었다. 우리는 어렸을 때타 죽기 직전까지 열정을 불태웠다. 하지만 어른이 되자 열정을 찾는 일이 점점 어려워졌다. 마치 일상적인 소음에 노랫소리가 가리듯, 열정은 보이지 않을 만큼 투명해졌다. 그래서 나는 질문하고 싶다. 얼어버린 마음에 갇힌 열정을 거침없이 두드려 깨우고 싶다. 손이 닿지 않는 내면의 땅을 어떻게 발견할 수 있을까? 지식을 넘어서 꿈과 상상이 머무는 영역을 어떻게 찾을까? 인생이 주는 모든 경험 앞에 어떻게 마음을 활짝 열고, 삶을 내맡길 수 있을까?

나는 희미한 빛을 따라 비틀거리며 나아간다. 한 걸음, 한 걸음 열정이라는 생명력을 향한 길을 찾는다. 어느새 심장에 다다랐고, 그곳에는 네 개의 문이 굳게 닫혀 있다. 바로 분노, 부정, 무력감, 상실을 가둔 문이다. 대부분은 이런 감정을 무시하고, 쳐다보지도 말고, 철저히 등지라고 배웠다. 하지만 이 문을 열면 우리는 가장 밝은 불꽃으로 향하는 통로를 만나게 된다. 완벽히 깨어있고 생동하는 삶을 선택할 수 있는 것이다.

분노의 문을 열고 뚜벅뚜벅 걸어갈 수 있을까? 두려워하면서도 갈망하는 열정을 위해 문을 열어젖힐 용기가 있나? 우리는 열정을 두려워한다. 열정은 즉흥적이고 통제할 수 없고 익히 알고 있는 합리적 자아를 넘어서기 때문이다. 하지만 우리는 열정을 갈망한다. 열정이 우리 삶을 색칠하고 넓히고 두근거리게 하

기 때문이다. 열정은 심장의 뒷면, 즉 축복받은 가능성을 우리 앞
에 드러낸다.

선택할 수 없는 열정은 분노가 된다

"지금은 일촉즉발의 위험한 순간입니다. 모든 걸 재검토하고, 새롭게 만들고, 어떤 것도 당연시하면 안 되는 그런 순간이죠."

– 제임스 볼드윈James Baldwin(1924~1987)[*]

나는 최근 들어 영혼에 대해 생각하고 있다. 영혼을 다루다 보니 생각이 이리저리 흐른다. 그러니 이번 장은 좀 돌아가더라도 이해해주면 좋겠다.

나는 태어나서 57년 동안 줄곧 전쟁터에서 살았다. 실제 총알이 빗발치는 장소는 아니었지만, 그보다 더욱 치명적이고 끔찍했다. 한 가지 좋은 점이 있다면 전쟁터에서 겪은 이야기는 뭐가 됐든 흥미진진하다는 거다.

[*] 미국의 대표적인 흑인 소설가이다.

어린 시절, 나는 원더우먼 만화책에 푹 빠져 살았다. 엄마가 《리틀 룰루Little Lulu》나 아치와 베로니카 캐릭터가 등장한 만화책을 계속 사줬지만 나는 모두 원더우먼 만화책으로 바꿔왔다. 원더우먼은 나에게 단 하나밖에 없는 영웅이었다. 물론 급진적인 혁명 정신을 지닌 30대 여성 엠마 골드만Emma Goldman(1869~1940)*이 나의 고모할머니라는 사실을 알게 되기 전의 일이었다.

우리 가족은 두 편으로 나뉘어 있었다. 친가는 급진적인 공산주의자들로 우리가 잘 언급하지 않는 사람들이었고, 외가는 백인 자본주의자들로 정치적으로 중립적인 미국인들이었다.

아빠는 세상을 오직 흑백으로만 바라봤다. 착한 놈 아니면 나쁜 놈이었다. 나는 그때 한창 로이 로저스Roy Rogers(1911~1998)나 진 오트리Gene Autry(1907~1998)가 연기한 카우보이들에게 빠져 있어서, 착한 사람은 모두 하얀 모자를 쓰고 나쁜 사람은 죄다 빨간 모자를 쓰나 보다 하고 생각했다. 물론 당시에는 흑백 텔레비전밖에 없어서 악당이 쓴 모자를 빨간색이라고 상상해야 했다. 아빠는 매일 밤, 악당들과 벌였던 결투를 내게 들려줬다. '하얀 모자'를 쓴 아빠가 성공의 사다리를 악착같이 오르려는 것을 '빨간 모자'를 쓴 악당들이 끌어내리려 한다는 내용이었다. 물

* 러시아 고브노의 유대계 가정에서 태어나 1885년 미국에 이민 간 무정부주의자이자 작가이다.

론 악당들은 유대인을 차별하는 반유대주의자이자 나치였다. 하지만 나는 걱정할 필요가 없었다. 드와이트 아이젠하워Dwight Eisenhower(1890~1969) 대통령이 비록 유대인은 아니지만 착한 사람이니 아빠를 도와줄 거라고 생각했기 때문이다.

그리고 마침내 아빠는 악당과 벌인 결투에서 승리했다. 아빠가 빈민가를 배회하다 미국 주요 기업 사장으로 성공의 사다리를 제대로 오른 후, 우리는 시카고로 이사했다. 처음에 머문 곳은 레이크쇼어 간선도로 주변에 있는 매우 멋진 아파트였다. 엄마는 그곳을 마음에 쏙 들어 했다. 하지만 소작농의 피가 흘렀던 아빠는 집안에서 처음으로 땅을 소유한 세대가 되고 싶어 했다. 그래서 우리는 교외의 마땅한 장소를 찾아 나섰고, 워시오버 골프장과 정말 가까운 곳에서 떡갈나무가 있고 깔끔한 잔디밭이 조성된 하얀 저택을 발견했다. 부동산 중개인은 찰스 디킨스Charles Dickens(1812~1870)의 소설 《데이비드 코퍼필드David Copperfield》에 나오는 유라이어 힙처럼 능글맞으며 느끼했고 거드름을 피웠다. 아빠가 매매 계약서에 사인을 시작하자 그는 시종일관 빙글거렸다. 그러더니 엄마를 향해 가볍게 물었다.

"그건 그렇고, 사모님은 어느 교회에 다니세요?"

엄마가 소심해서 이런 행동을 한 것은 아니라고 말하고 싶다. 엄마는 어떻게 평정심을 유지할지 모를 때 많이 당황하는 편이다. 엄마는 목을 가다듬더니 수용소에 갇힌 유대인 같은 표정을 지었다. 그리고 아빠를 쳐다봤다.

아빠는 바로 대답했다.

"우리는 교회에 가지 않아요. 회당에 가죠. 유대인이거든요."

부동산 중개인은 아빠 손에서 서류를 쓱 빼며 이렇게 얼버무렸다.

"아시다시피 제 뜻은 그렇지 않아요. 저도 유대인 친구들이 있거든요. 그런데 이웃들이…"

내가 기억하는 다음 장면은 이렇다. 아빠가 악당을 처단하는 만화 주인공 딕 트레이시처럼 입술을 꽉 깨물더니 나쁜 놈 얼굴에 주먹을 내리꽂았다는 것. 만화책이었다면 말풍선에 "아뵤!"가 적혔을 거다.

아빠의 분노를 두 눈으로 목격한 건 이번이 처음이 아니었다. 아빠는 전혀 예측할 수 없는 상황에서 분노를 쏟아냈다. 누가 나쁜 놈으로 꼽힐지도 알 수 없었다. 악을 처단한다는 아빠의 주먹이 엄마나 언니나 나를 향하기도 했다. 그래서 우리 세 모녀는 아빠의 분노를 피하거나 다른 쪽으로 돌리는 자신만의 방식을 마련했다. 엄마는 얼음이 되어 아빠의 분노를 철저히 못 본 체했다. 언니는 완벽한 딸이 되어 그 어떤 잘못도 저지르지 않았다. 나는 이야기꾼이 됐다. 아빠가 분노를 터뜨릴 때마다 그럴듯한 의미를 부여했다. 그게 내가 버틸 수 있던 방식이었다.

부동산 사무소를 나와 골프장 옆 도로를 지나가는데, 길옆에 금색 고딕체로 쓰인 커다란 표지판이 하나 걸려 있었다. 무슨 표지판인지 말하기 전에 우리 가족의 비밀부터 먼저 고백해야겠다. 사실, 아빠는 글을 읽지 못한다. 엄마와 나 빼고는 아무도 이 사실을 모른다. 글을 읽지 못하는 아빠가 어떻게 사회적 성공을 거뒀는지는 여기서 할 이야기가 아닌 듯하다. 엄마와 나의 헌신이 정말 컸다는 사실만 알면 된다. 우리는 카세트 녹음기에 대고 매번 글을 읽었고, 아빠는 늦은 밤 테이프를 들으며 내용을 암기했다. 아빠는 소리를 완벽히 기억했고, 필요한 순간에 글을 읽는 척 꽤 능숙하게 연기했다.

어쨌든 다시 표지판으로 돌아가보자. 표지판에는 이렇게 쓰여 있었다.

워쉬오버 골프장

출입제한

유대인과 개 출입 불가

뒷좌석에 앉은 엄마는 놀라서 숨을 헉하고 들이마셨다. 아빠가 무슨 일이냐고 물었다. 엄마가 어떤 반응을 보이기 전에, 아빠가 아마도 내 얼굴이겠지만 누군가의 얼굴에 주먹을 내리꽂기 전에, 나는 답했다. "아무것도 아니에요, 아빠. 이렇게 쓰여 있네요."

워쉬오버 골프장

출입제한? 없습니다!

유대인과 개 출입 환영

그날 나는 간신히 상황을 모면했다.

엄마는 내가 다섯 살에서 열네 살이 될 때까지 매년 나를 여름 캠프에 보냈다. 그래야 엄마와 아빠가 휴가다운 휴가를 보낸다는 이유에서였다. 나는 캠프에 있는 일분일초가 너무 싫었다. 특히 색깔 전쟁은 정말 최악이었는데, 여름 캠프에서는 색깔 전쟁을 피할 수 없었다. 아침에 팀원을 고르는 날이면 나는 보트 선착장 밑에 숨어 원더우먼 만화책을 읽었다. 나는 공, 네트, 라켓, 방망이, 글러브를 고문 도구라고 여겼고, 인간이 할 수 있는 한 가장 멀리 거리를 두려 했다. 그래서 나는 언제나 가장 마지막에 뽑히는 팀원이었다.

색깔 전쟁에서 사람들은 하얀 팀과 빨간 팀으로 나뉘었다. 서로를 적으로 간주했고, 어떻게 해서든 이기려 애썼다. 나는 전쟁에 참여하지 않았다고 생각했다. 하지만 진짜 전쟁은 내 안에서 일어나고 있었다.

3년 전, 나는 혈액 세포가 분열되는 일종의 백혈병 진단을 받았다. 내가 병을 이해한 바에 따르면, 적혈구가 계속 파괴돼 산소를 제대로 옮기지 못한다고 했다. 작은 진공청소기처럼 주위를 쌩쌩 돌아야 하는 백혈구는 몇 개 되지 않았고 그나마도 멀리 떨어져 느릿느릿 움직였다. 백혈구는 위험한 잿빛 세상에서 나를 보호하지 못했고, 나는 점점 극심한 피로를 느꼈다. 내 몸 안에서 백혈구와 적혈구는 서로 소통하지 않았고 그렇게 나는 파괴됐다. 세포들 사이에 일어나는 일에 엄청난 상징을 부여했다고 생각할 수도 있다. 하지만 어떻게 받아들이던 간에 내가 여전히 색깔 전쟁을 치르고 있는 것은 확실했다.

***

아빠는 뭔가를 골라야 할 때마다 양손에 떡을 쥐었다고 표현했다. 양팔을 저울질하고 서로 비교하며 뭐가 좋고 나쁜지 결정했다. 아빠가 그럴 때마다 나는 이렇게 생각했다. 신이 우리에게 양손, 양팔, 양 눈, 양쪽 뇌를 주신 건 서로 비교하라는 게 아니라 협력하라는 의미일 것이라고. 우리는 양발을 교차해서 걷고, 두 귀로 이야기를 듣는다. 자연은 무엇도 비교하지 않고 분리하지 않는다. 하지만 우리는 지금 온전함을 잃고 분리되었다. 그래서 생명체의 타고난 권리인 온전성을 찾아 여기저기 헤맨다. 언제부터 생각과 감정, 논리와 예술, 과학과 종교, 일과 놀이, 마음과 머리가 서로 분리됐을까? 대체 무엇 때문일까?

나는 혼란스러운 마음을 가라앉히려 호흡에 집중했다. 수업 때 밀턴 에릭슨Milton Erickson(1901~1980)* 박사가 알려준 호흡법을 따라 했다. 나는 에릭슨에게 심리치료와 최면요법을 배웠다. 그를 생각하니 아빠와 닮은 그의 파란색 눈동자가 떠올랐다. 그는 생애 대부분을 휠체어에 앉아 보냈다. 아마도 에릭슨은 휠체어를 움직이며 반대 방향으로 작용하는 힘을 어떻게 다루는지 배웠을 것이다. 어느 날, 에릭슨이 이렇게 말했다.

"사람들은 가면을 쓰고 당신에게 올 겁니다. 우리는 모두 가면을 쓰고 살죠. 그리고 당신에게 가면의 겉면만 보여줄 거예요. 하지만 시간이 흐르면 가면의 안쪽, 그러니까 오목한 부분도 당신에게 보여줄 거예요."

그는 잠시 말을 멈췄다. 나는 책상에 몸을 기울이고 기다렸다. 마침내 그는 싱긋 눈짓하더니 말을 이었다.

"사람들이 자신이 쓰는 가면의 양면을 받아들이도록 도와주세요. 가면의 양면을 외면하지 않고 좋은 관계를 맺도록 돕는 게, 여러분이 해야 할 진짜 일입니다."

그는 다시 침묵했다. 나는 몸을 더욱 앞으로 기울였다.

"그 일을 잘해내려면, 우선 여러분의 호흡에 집중해야 합니다. 호흡 속에서 위대한 지혜가 당신을 찾아올 겁니다."

에릭슨의 말을 떠올리며 호흡에 집중할 때마다, 과거와 현재와 미래가 형체를 잃고 녹아버린다. 불과 얼음, 사랑과 증오 같은

---

* 미국 출신 정신과 의사이자 심리학자이다.

양극단 사이에 얽매이거나 갇히는 대신, 나는 들숨과 날숨 사이에 존재하며 둘의 관계를 느낀다. 날숨은 물 흐르듯 밖으로 나가고, 들숨은 수월히 다시 몸으로 들어온다. 날숨은 오래된 것을 놓아주고 들숨은 새로운 것을 들여오며 끊임없는 고리를 그린다. 날숨이 하듯, 내가 놓아줘야 하는 낡은 것이 내 안에 있을까? 나는 무엇을 흘려보내야 할까?

생각이 꼬리에 꼬리를 물고 흘렀다. 갑자기 어떤 말이 머릿속을 울렸다.

'선택할 수 없는 열정은 분노가 된다.'

누구에게 들은 말인지, 내가 하는 말인지 잘 모르겠다. 나는 그 말을 따라 마음속에 꽉 막혀있던 기억으로 향했다. 기억 속 나는 다섯 살이었다. 아빠는 나를 코니아일랜드의 바닷속으로 데려갔다. 아빠는 커다랗고 넓적한 손으로 내 등과 목을 받쳤다. 그리고 내게 물 위에 누우라고 말했다. 어떤 의심도 없이 나는 아빠 손에 내 몸을 맡기고 긴장을 풀었다. 아빠 손이 다섯 살 된 내 몸을 분명 지켜줄 거라고 믿었다. 그때 나에겐 대서양 전체를 합친 것보다 아빠 두 손이 더욱 든든하고 강해 보였다.

하지만 그날 밤, 아빠는 나를 지켜줬던 손으로 허리띠를 움켜쥐고 나를 향해 내리쳤다. 어떻게 바닷속에서 나를 받치던 두 손으로 허리띠를 쥘 수 있을까? 아빠는 다섯 살짜리 아이가 정신을 잃을 때까지 어린 몸을 때렸다. 나는 믿을 수 없었다. 어떻게

"아가야, 우리 딸."이라고 나를 부르던 사람이 전혀 다른 목소리로 어둠 속에서 소리칠 수 있을까?

"네가 이렇게 자초한 거야. 안 그러려고 했다고. 그러니까 왜 사람을 열받게 해? 너무 화가 나서 눈에 뵈는 게 없었어. 그럴 생각은 없었는데. 나도 노력했다고! 그냥 잠시 정신이 나간 거야. 그러니까 이제부터 말 잘 들어. 나도 다시는 안 그럴 테니까."

하지만 아빠는 약속을 지키지 않았고, 나를 때리고 또 때렸다. 내가 말을 잘 듣는 착한 아이가 아니었기 때문일 것이다.

아빠는 오래전에 돌아가셨다. 나는 아빠를 용서할 수 있지만, 아빠 행동까지 용서할 수는 없었다. 사실 계속 용서하려고 애썼지만 정말 쉽지 않았다. 몇 년 전에는 이런 생각마저 들었다.

"아빠를 용서하려고 몇 년 동안 노력했지만, 나한테 한 짓을 생각하면 정말 치가 떨려. 똑같이 갚아주고 싶어. 부숴버리고 싶다고!"

하지만 그때, 열쇠 하나가 마음속에서 돌아가기 시작했다. 마치 열쇠가 이렇게 말하는 것 같았다.

"우리는 모두 같은 공간에 살아. 잘못된 열정이 만든 뒤틀린 씨앗, 즉 분노도 우리 안에 있지. 분노를 향해 문을 열지 않고 분노를 대할 새로운 방법도 찾지 않으면, 너는 분노의 핵심에는 결코 닿지 못할 거야."

분노는 분명 잘못됐지만 그 속에는 삶을 향한 거친 생명력이 있었다. 분노를 이해하고 잘 다룬다면 우리가 더욱 생명력 있게 살 수 있는 것이다.

떠올릴 때마다 분노가 치밀던 사람들이 있었다. 나를 성폭행한 남자와 작가 디나 메츠거Deena Metzger(1936~)*의 표현처럼 "전쟁을 빼앗기 위해"** 함께 잤던 남자들이다. 하지만 그들은 오래전 내 삶에서 사라졌다. 나는 분노를 극복해냈다.

선택할 수 없는 열정은 분노가 된다. 분노에 사로잡힌 순간, 우리는 자신도 모르게 화에 휩쓸린다. 하지만 내가 선택할 수 있다면 어떨까? 분노에 휩싸이는 대신 우리가 내릴 수 있는 선택은 뭘까? 나는 아빠가 가진 특정한 믿음, 자신에 대한 생각, 분노로 이끌었던 추측을 모두 묻어버리기로 했다. 마치 아빠의 관 옆에 온갖 말과 생각과 변명을 던져버린 것처럼. 네가 나를 화나게 했다는 합리화, 바깥의 뭔가가 나를 먼저 건드렸다는 변명, 자신은 결코 그럴 의도가 없었다는 어리석은 핑계까지 모조리 묻었다. 나는 또한 자신과 세상을 잘 '다스리면' 절대 분노나 화를 느끼지 않을 것이라는 그럴듯한 짐작까지 버렸다. 나는 분노하지 않을 수는 없다고 생각했다. 다만 분노에 발목 잡히고 싶지 않을 뿐이다.

* 미국의 작가이자 다양한 사회 활동으로 영혼을 치유하는 치유자이다.
** 《전쟁을 빼앗기 위해 남자들과 자는 여자The Woman Who Slept With Men to Take the War Out of Them》에 나오는 표현으로, 전쟁 때문에 남편을 잃은 주인공은 적군들과 무분별한 관계를 맺으며 전쟁이 끝나길 바라는 마음을 절망적으로 표현한다.

세상에 존재하는 무한한 고통 중 하나, 즉 분노가 마침내 나를 고쳐준 것 같았다. 내 몸에서 새로운 빛이 쏟아져나오는 듯했다. 아빠는 세상을 언제나 '이거' 아니면 '저거'로 나눴다. 하지만 지금 내 눈에는 양극단 사이를 이으려는 다리가 보인다. 서로 갈등하고 화내는 지금 이 시기에, 누가 옳은지 그른지 선한지 악한지는 우선 제쳐두면 어떨까? 분노의 불길이 치솟을 때 순전히 몸의 감각만 알아차리면 어떨까? 들숨과 날숨을 느끼고 영감이 찾아오는 공간을 남겨두고, 그저 "지금 정말 필요한 게 뭘까?"라고 묻는다면? 그러면 우리는 분노에서 벗어나 앞으로 나아갈 수 있지 않을까?

우리는 모두 이야기꾼이다. 약간의 경험에 의미를 부여하는 이야기를 덧붙여 어떤 행동을 할지 또는 억누를지 결정한다. 예를 들어, 의자에 앉아 있는데 허리가 찌릿하다고 치자. 통증을 느끼자마자 현재 경험과 관련된 데이터가 자동으로 수집된다. 그리고 이야기가 탄생한다. "스키를 타다가 근육이 긴장했나 보네." 또는 "척추에 종양이 생긴 거야!" 같은 식이다. 아니면 "앤디 때문에 눕고 싶은 자세로 못 자서 그래!"라고 말할 수도 있다. 자신이 이야기를 만들어낸다는 사실을 깨닫지 못하면 우리는 선택할 수 없다. 하지만 충동과 행동 사이의 '부글부글 끓는 지점'에 일단 주의를 기울이면, 우리가 경험을 어떻게 해석하는지 알 수 있다.

인간은 태초부터 분노라고 부르는 에너지를 느껴왔다. 어떻게 이 에너지와 친해지는지 아무도 몰랐기 때문에, 말과 행동으로 에너지를 분출했고 너무 많은 학대와 고통을 초래했다. 나는 다른 사람도 나처럼 분노한다는 사실을 알았을 때, 우리가 공유한 인간다운 모습에 위안마저 느꼈다.

분노를 다루는 방법을 쉽게 익힐 수 있다면 참 좋을 텐데. 안타깝게도 이것 역시 다른 예술적 기교처럼 많은 연습이 필요하다.

할머니는 늘 현관 계단을 쓸고 닦았다. 사람들이 집에 들어서서 처음 밟는 곳이 깨끗하길 바랐기 때문이다. 마음의 문도 마찬가지였다. 할머니 마음에 들어서는 온갖 감정은 언제나 깨끗이 정돈된 문을 마주했다. 하지만 나는 그렇지 못했다. 새천년으로 접어들던 새해 첫날, 내 마음은 엉망진창이었다. 나는 아침부터 남편 앤디와 살벌하게 싸웠다. 나를 열받게 하려고 작정했나 싶어 늘 마시던 오렌지 주스조차 다 넘기지 못할 정도였다. 정확한 이유는 기억나지 않는다. 앤디가 내가 건넨 새해 인사를 시큰둥하게 넘겼던 것 같다. 나는 순간, 앤디가 따분하고 우울한 인간이라고 결론지었다. 전날까지만 해도 사람이 늘 한결같다고 침이 마르게 칭찬해놓고, 하루 만에 저런 우중충한 인간이 다 있냐고, 일분일초도 같이 있기 싫다고 맹비난을 퍼부은 것이다. 나는 정말 앤디를 죽이고 싶었다. 엄청난 분노가 나를 사로잡았다. 하지만 잠시 뒤 나는 자리에 앉았다. 분노의 채찍을 마구 휘두르는 대신 언제나 든든히 나를 지켜주는 일기장을 폈다. 아무 생각도 하지 않았는데 저절로 글이 흘러나왔다.

"몹시 화가 나면 무엇도 배려할 수 없어."

이 말을 쓴 게 다였다. 나는 펜을 내려놓고 호흡에 집중했다. 숨을 들이마시고 내쉬었다. 얼마 후 분노가 사그라지자 마음의 문이 조금 열렸다. 마음의 문 너머에 고통스러워하는 내 모습이 보였다. 나는 호흡을 계속 유지했다. 숨을 들이마시며 분노를 내려놓고, 숨을 내쉬며 배려를 생각했다.

"그래, 착하지. 우리 아가."

나는 이렇게 고통스러워하는 나를 달랬다.

분노를 느꼈던 상황이 마법처럼 변한 건 아니었다. 똑같은 상황 속에서 굳건히 발 디딜 수 있는 땅을 찾았을 뿐이다. 사실, 그날 나는 일고여덟 번 정도 울었다. 아니, 어쩌면 열 번 넘게 운 것 같기도 하다. 왜 눈물이 나는지 콕 집어 말할 수는 없었다.

그럴 때마다 나는 숨을 들이마시며 나의 연약함을 인정하고, 숨을 내쉬며 연민과 자비의 마음을 갖는다. 나는 숨을 들이마시며 앤디의 어두운 면을 흘려보냈다. 숨을 내쉬며 앤디를 이해하고 받아들였다. 마지막으로 나는 진짜 경험한 감정을 일기장에 그림으로 표현했다. 이른 봄, 촉촉한 갈색 나뭇잎 사이로 아주 작은 새싹이 여린 몸을 내밀고 있는 모습이었다. 두텁고, 어둡고,

물기를 머금은 나뭇잎은 거름이 되어 씨앗을 지키고 있었다. 햇볕이 따뜻해진 순간, 세상 밖에 씨앗을 내보내기 위해서였다. 그림을 보며 내 안의 새싹과 거름을 생각했다. 내가 분노를 묻어놓았던 땅이 어느새 퇴비가 되어 씨앗을 품었다. 새롭고 건강한 씨앗은 땅에서 영양분을 받아 여린 새싹으로 나타난 것이었다.

분노와 열정은 뿌리가 같지만 흐르는 방향이 다르다. 나의 분노는 정맥과 동맥, 적혈구와 백혈구를 관통하며 내 몸을 분열시켰다. 하지만 이제 분노는 퇴비가 되어 새로운 가능성을 품고 있다. 나는 아빠를 통해 내게 흘러왔던 분노가, 내 안에서 맑고 깨끗한 열정이 되어 나의 아들에게 전해지길 바란다. 모든 사람이 내 안의 분노와 화해해서 분노가 아닌 순수한 열정을 느끼면 좋겠다.

나는 지금 당신이 궁금하다. 당신은 누구에게서 분노를 배웠나? 혹시 뒤틀린 씨앗을 받진 않았나? 뒤틀린 씨앗을 바꿀 수 있다면 어떤 모습으로 바꾸고 싶나? 당신과 우리 모두를 위해 어떤 모양과 방식으로 분노를 표현할 수 있을까?

분노를 바꾸고 싶은 모든 사람이 용기를 내어 분노와 마주하기를, 그래서 누구도 상상하지 못한 멋진 가능성의 세계로 다가가기를 마음을 다해 기도한다.

어떻게 하면 부정의 문을 통과해, 열정을 깨우고 더욱 북돋울 수 있을까? 엄마의 죽음은 내게 그 방법을 가르쳐줬다. 우리는 정말 사랑하는 것을 외면하게 만드는 차가운 얼음 장벽부터 녹여야 한다. 목숨을 부지하려고 얼음 장벽 뒤에 숨어 전전긍긍하기보다는, 열정을 깨우는 데 필요한 위험을 기꺼이 감수해야 한다. 그래야 사랑하는 것들을 마음껏 사랑할 수 있다. 그래야 사랑하는 것들이 생생히 살아남아 멀리 전해질 수 있다.

무시해도 좋은 죽음이 있을까

진정 사랑하는 것이 당신을 이끄는 대로, 강한 끌림에 고요히 따
르기를.

— 잘랄루딘 루미Jalāl ad-Dīn Rūmī(1207~1273)*의 시 중에서

우리 부모님은 허송세월한 적이 거의 없다. 그 나이대 친구
분들처럼 열심히 일하고 돈을 모았다. 그래야 안전하다고 생각
했던 것 같다. 안전한 삶은, 부모님이 추구하는 가장 중요한 목표
이자 인생을 이끄는 단 하나의 동력이었다. 나는 우리 가족이 내
집 마련을 하면 마침내 안전한 삶을 살 수 있을 거라고 여겼다.
하지만 집을 산 후에도 안전한 삶은 찾아오지 않았다. 언니와 내
가 대학에 가야 했기 때문이다. 외가와 친가 식구 중 대학에 진학

* 이란의 대표적인 시인이자 철학자이다.

한 사람은 없었고, 부모님은 우리의 대학 입학을 간절히 원했다. 하지만 우리가 대학에 입학해, 심지어 졸업할 때도 안전한 삶은 찾아오지 않았다. 아빠가 아직 은퇴하지 않았기 때문이다. 아빠가 일을 정리하고 살던 집을 팔고 노후를 즐기러 플로리다로 떠나자, 마침내 안전한 삶이 찾아온 것 같았다. 아빠는 골프를 치거나 엄마와 함께 바닷가에서 수영했고, 두 분은 매일 저녁 레스토랑에서 식사했다. 얼마 후 부모님은 위험한 사람이 침입하지 못하게 경비원이 지키는 아파트로 다시 이사했다. 나는 걱정이 많은 엄마가 이제야 마음 놓고 행복할 수 있겠다고 생각했다.

엄마는 일평생 마음 졸이지 않은 날이 없다고 말했다. 엄마의 불안한 마음은 아파트로 이사한 후에도 크게 달라지지 않았다. 엄마는 아파트에 혼자 있는 것을 불안해했다. 수리공이 언제 위험한 사람으로 돌변할지 모른다는 게 이유였다. 그러다 엄마에게 정말 걱정스러운 일이 닥쳤다. 엄마가 울혈성 심부전으로 중환자실에 들어간 것이다. 엄마의 고통은 심부전과 중환자실에서 끝나지 않았다. 엄마는 관절염에 걸렸고 보행기에 의존해 걸어야 했다. 네 발 달린 금속 보행기는 마치 엄마를 가둔 작은 벽처럼 보였다.

아빠의 노후도 순탄하지 않다. 골프를 치다가 가장 친한 친구인 여든두 살 할아버지를 때려눕힌 일도 있었다. 아빠가 16번 홀에서 점수를 좀 부풀렸는데, 친구가 지적하자 아빠가 주먹을 바로 날렸다고 했다. 가장 친했던 두 사람은 그날 이후 서로 말도 걸지 않았다. 엄마는 그 일을 겪은 후 골프장이 너무 위험하다는 판단을 내렸고, 아빠가 골프장에 가는 걸 극구 말렸다. 바다는 어땠을까? 엄마는 아빠와 자주 가던 웨스트팜비치에서 누군가 익사했다는 기사를 읽고 역시 발길을 끊었다. 플로리다로 이사한 지 1년도 채 되지 않아 부모님은 거의 온종일 벽에 갇혀 지냈다. 벽은 부모님을 향해 계속 다가왔고, 결국 두 분의 머리와 마음은 단단한 벽에 둘러싸였다. 하지만 벽이 위험이나 고통을 막아주지는 못했다. 그저 점점 더 깊숙이 박혀 부모님을 꼼짝없이 가둘 뿐이었다.

엄마는 아빠와 매우 달랐고, 그래서 나는 두 분에게서 전혀 다른 씨앗을 받았다. 아빠는 매우 열정적인 사람이었다. 누구든 아빠를 묘사한다면 다섯 손가락 안에 열정이라는 단어를 꼽아서 말할 게 분명했다. 하지만 엄마를 열정적이라고 말하는 사람은 없다. 엄마는 열정과 거리가 먼, 단정하고 다정한 사람이었다. 사람들은 분명 입을 모아 엄마가 친절하고 배려심이 많다고 말할 것이다. 하지만 엄마에게는 숨은 모습이 있었다. 엄마는 늘 누군가를 원망했고 자신이 희생한다는 생각에 빠져 있었다. 이건 나만 아는 엄마 모습이었다.

엄마는 너무 단정한 사람이라 내게 신체 변화나 기능 같은 것은 알려주지 않았다. 우리는 그런 것들을 철저히 무시했다. 우리가 무시한 것은 정말 많았다. 죽음도 예외는 아니었다.

"도나, 그런 생각은 하지도 마. 그냥 없다고 생각해. 생각해서 좋을 게 뭐가 있니? 어차피 막을 수도 없는데. 그냥 무시해."

엄마 말은 대개 옳았고 엄마는 많은 일을 꽤 잘해냈다. 하지만 죽음조차 무시하겠다는 생각은 엄청난 착각이 아니었을까? 엄마는 인생 대부분을 다른 사람을 돌보는 일에 썼다. 삐쩍 마른 손으로 겨우 펜을 쥐고는 떨리는 글씨로 생일 축하 카드나 위로 편지를 보낼 때도 많았다. 엄마는 사람을 참 좋아했고 꽃도 정말 좋아했다. 내가 가장 아끼는 엄마 사진을 보면, 엄마는 한 손에 장미꽃을 한 아름 들고 다른 손으로는 나를 꽉 껴안고 있다. 양쪽 다 어찌나 단단히 껴안고 있는지 웃음이 터지기 직전이다. 엄마는 내게 사랑의 씨앗을 줬다. 덕분에 나 역시 다른 사람에게 사랑을 줄 수 있었다. 하지만 불행히도 내 마음속에는 다른 씨앗도 자라고 있었다.

엄마는 돌아가시면서 말했다.

"내가 어떻게 죽었는지 사람들한테 말하지 마. 남들이 그렇게 떠올린다니 생각만 해도 끔찍해. 좋아 보이지 않잖니. 세상에 그게 무슨 꼴이야."

엄마는 죽는 순간까지도 다른 사람을 신경 썼다. 엄마는 잘못된 판단을 했고, 죽음 앞에서조차 자신을 마주하지 못했다. 나는 엄마가 어떻게 돌아가셨는지 말하고 싶다. 그래야 죽음이 우리에게 가르쳐주려 한 것을 배울 수 있을 테니까. 엄마는 한밤중에 화장실로 기어가다가 바닥에서 홀로 죽어갔다. 언니와 내가 막을 수 있는 일이 아니었다. 입주 간병인은 거실 소파에서 자고 있었고, 간병인을 부르는 버튼은 집에 들여놓은 병원 침대 왼편에 달려 있었다. 엄마는 떨리는 왼손으로도 버튼을 잘 눌렀다. 엄마가 자다 일어나서 비몽사몽이었던 탓에 버튼을 생각지 못했을 수 있다. 아니면 힘이 너무 약해져서 버튼을 누르지 못했을 수도 있다. 하지만, 어쩌면 엄마는 스스로 볼일을 처리한다는 인간의 마지막 남은 품위를 지키기 위해 홀로 화장실로 향했을지도 모른다. 엄마는 언제나 흠잡을 데 없이 모든 것을 통제했지만, 결국 바지를 더럽힌 채 바닥에서 혼자 죽었다. 누구도 그렇게 혼자 죽어서는 안 됐다.

마지막으로 엄마와 함께했던 순간이 떠오른다. 그때, 엄마는 많이 쇠약해져 있었다. 나는 엄마에게 보행기에 달고 다닐 만한 바람개비와 경적을 사줬다. 약간의 모험은 누구도 다치게 하지 않는다는 사실을 알려주고 싶었다. 죽음이 다가올수록 엄마는 약하고 혼란스러운 모습을 보였다. 나는 그런 엄마를 웃게 하고 싶었다. 나는 사실 엄마를 돌보는 일이 좋았다. 먹이고, 목욕시키고, 나를 키워주던 젖가슴을 닦아내고, 부드러운 손길로 기저귀를 채우고, 이불을 꼭 덮어주고. 45년 전 엄마가 내게 준 보살핌이 돌고 돌아 다시 엄마를 향한 것 같았다. 이제는 내 차례라는 생각이 들었다. 내가 돌보려 하자 처음에 엄마는 무척 당황했다. 하지만 내게 준 보살핌이 돌아온 거라고 말하자, 엄마는 부드럽게 웃으며 편안히 내 품에 안겼다.

엄마를 침대에 눕히는데, 엄마가 갑자기 심하게 몸을 떨었다. 나는 이불 밑으로 들어가 엄마를 꼭 안아주며 온기를 나눴다. 그리고 아기를 어르듯 엄마를 달랬다.

"괜찮아, 아가야. 다 괜찮아."

내가 두려움을 느낄 때면 아빠는 이렇게 말하곤 했다. 나는 그대로 엄마에게 속삭였다. 오한이 점점 가라앉자 엄마는 몸을 돌려 나를 바라봤다. 엄마 눈가가 촉촉이 젖어 있었다. 엄마는 아주 가는 목소리로 이렇게 말했다.

"도나, 내가 틀렸어."

그게 다였다. 엄마는 이내 눈을 감고 잠에 빠졌다. 그건 엄마가 내게 건넨 마지막 말이자 마지막 선물이었다.

대체 뭐가 틀렸다는 걸까? 엄마가 내게 가르쳐준 올바른 행동과 옳은 방법 중 뭐가 잘못됐다는 말인지 설명을 들을 수는 없었다. 부엌 바닥을 청소하거나 위로의 편지를 쓰면서 소중한 시간을 낭비한 행동이 잘못됐다는 걸까? 아니면 아버지의 학대를 감당하기로 한 선택? 어쩌면 언니와 내가 사다 준 좋은 옷을 한 번도 입지 않은 사실을 말할지도 모른다. 엄마가 돌아가시고 나서 몇 주 뒤, 우리는 옷장을 청소하다가 포장도 뜯지 않은 실크

블라우스와 나이트가운, 슬립을 발견했다. 엄마도 우리가 보게 될 걸 알았을 텐데. 엄마는 옷이 너무 고급이라서 입을 수 없다고 말했다. 그저 낡은 누더기면 충분하다고. 이런 행동이 잘못됐다는 말일까?

미스터리를 풀어준 건 누구도 아닌 암이었다. 암은 엄마가 틀렸던 한 가지가 바로 죽음이었다고, 내게 가르쳐줬다. 아무리 무시하고 외면해도 죽음을 막을 순 없다. 두려움도 마찬가지고, 고통도 그렇다. 엄마가 무시할수록 부정적 감정은 점점 깊게 뿌리내렸고, 엄마의 가엾고 무기력한 심장을 옥죄어왔다.

엄마를 묘지에 묻어주고 떠나면서, 나는 엄마가 감히 하지 못했던 일을 하기로 결심했다. 죽음을 외면하지 않고 대화를 나누기 시작한 거다.

"언제, 어떻게 죽을지 선택할 수 없다는 사실은 알아. 하지만 절대 엄마처럼 죽고 싶지는 않아. 심장이 옥죄인 채 벽에 갇혀서 죽을 수는 없어."

그러자 죽음이 속삭였다.

"멍하게 죽고 싶니?"

"아니!"

나는 씩씩거리며 대꾸했다.

"무감각하게 살면서 굳고 쉽게 깨지고 싶지 않아. 고통을 생생히 느끼더라도 부드럽게 살다가 죽고 싶어. 거리낌 없이 마음을 활짝 열고 열렬히 감탄하고 사랑하다 죽고 싶다고!"

그러자 죽음이 되물었다.

"어떻게 살아야 그렇게 죽을 수 있을까?"

***

엄마의 죽음 덕분에 나는 삶을 다시 시작할 더 나은 터전을 마련할 수 있었다. 바로 여기, 통나무집이다. 엄마는 볼품없고 품위 없이 죽었지만 내게 커다란 사랑을 남겼다. 엄마의 사랑을 받은 나는 더욱 잘살고 싶었다. 사랑하는 마음과 더 잘살고자 하는 의지는 서로 얽혀 있다는 사실을 알게 됐다.

나는 지금 엄마가 절대 할 수 없거나 하지 않았을 일을 하고 있다. 한겨울에 홀로 통나무집에 머물며 복잡한 마음을 탐구하는 일. 엄마가 이 사실을 알려나 궁금하다. 마음을 살펴보다가 나는 엄마가 내게 물려준 뒤틀린 씨앗을 하나 발견했다. 바로 부정의 씨앗이다. 엄마는 고통스럽거나 겁이 나면 얼음처럼 아무 감정도 느끼지 않으려 애썼다. 마치 유체 이탈이라도 한 듯, 어떤 고통도 두려움도 없는 것처럼 행동했다. 엄마가 가녀린 어깨를 으쓱 올리며 말하는 모습을 훤히 그릴 수 있다.

"어쩔 수 없는 일에 왜 감정을 낭비하니?"

나는 광활한 하늘 아래 사방이 얼어붙은 산속에서 오래된 다짐을 내려놓았다. 상처를 외면하며 엄마와 함께하겠다는 맹

세, 절망과 두려움을 무시하겠다는 약속이 형체를 잃고 사라졌다. 고통과 두려움을 그대로 느끼고, 어떤 이야기도 꾸미지 않고, 그저 감정이 마음에 뿌리를 내리는 모습을 지켜볼 때 어떤 일이 일어날까? 겨울이 지난 뒤 감정은 어떤 꽃을 피울까? 부정이라는 뒤틀린 씨앗도 완전하고 성숙해져 숨은 열정을 드러낼 수 있을까?

나는 마음을 가두던 얼음 장벽을 녹이고 있다. 고통을 겪는 나를 외면하거나 버리지 않도록 새로운 방법을 익히고 있다. 뒤틀린 씨앗이 더는 탯줄 역할을 하지 못하니, 고아가 된 듯한 기분이 든다. 나는 버림받았고 이제 완전히 살아 숨 쉬는 자유로운 고아다! 혹시 당신도 뭔가를 너무 즐기거나 과도한 열정을 피우지 말라고 배웠을까? 그게 사라지면 커다란 상처를 입을 테니까?

즐기든 참든, 모든 것은 언젠가 사라지고 우리 곁을 떠난다. 그래서 우리는 열정적으로 즐기고 더 많이 사랑하고 좋은 기억을 만들어야 한다. 그래야 떠나보내야 할 때, 고통스럽더라도 담담히 인정하고 온전히 현재를 살아갈 수 있다.

나는 두려움이 피어오를 때마다 마음을 여는 연습을 하고 있다. 두려움 앞에 무감각해지려고, 나를 통제하고 압박했던 태도를 어색하게나마 내려놓는다. 숨을 들이마시고 내쉬면서 천천히 내 몸과 마음에 집중한다. 두려움과 혼란이 가득한 차가운 공간에 따뜻한 온기가 깃드는 장면을 상상한다. 그러면 몹시 추운 날 아침, 장작 난로를 피운 것처럼 온기가 방을 가득 채우고 한기는 점점 사라진다.

원더우먼이 우리 모두를 가르치는 장면도 상상한다. 우리가 아직 경험하지 못한 것을 두려워하듯이, 원더우먼도 두려움을 느낀다. 하지만 그녀는 두려움을 유심히 들여다본다. 두려움을 느끼지만, 한편으로는 매력도 느끼는 것 같다. 원더우먼의 말풍선이 이렇게 등장한다.

"두렵긴 하지만, 그래도 더 알고 싶은 게 뭘까?"

두려움과 의식적 관계를 맺고 소통한다는 것은 열정적으로 산다는 뜻이다. 나는 경험하지 못한 세계로 모험을 떠나고 위험을 감수하면서 두려움과 소통하는 법을 매일 연습해왔다. 그저 그런 위험이 아닌 흥미진진한 위험에 맞부딪쳤다. 나는 일부러 이른 아침이나 해가 진 후에 스키나 스노슈잉을 하며 눈 덮인 지역을 가로질렀다. 어둠은 칠흑 같이 내려앉았고 산이 말을 거는 듯 바람이 거세게 불었다. 나는 새 눈을 밟으며 커다란 발자국을 무수히 남겼다. 엄마가 하지 않았을 행동을 골라 하며 사소한 두려움에 익숙해졌다.

위험을 감수하고 두려움과 친해지는 연습 덕분에 나는 매일 활력 넘치게 지냈다. 내가 어떤 사람이어야 한다는 생각과 함께 나의 정체성, 역할, 이미지를 포함한 모든 관념이 사라졌다. 오직 열정적으로 살아 숨 쉬는 경험만 남았다. 하지만 연습을 시작할 때마다 사실 나는 두려웠다. 아직은 믿음보다는 두려움을 느꼈다.

가장 어려운 점은 시야를 계속 넓혀가며 여러 경험을 하는 일이었다. 나는 연습을 시작하기 전에 늘 떨면서 이렇게 물었다.

"두려움을 이길 만큼 사랑하는 게 뭘까? 어떻게 해야 내가 사랑하는 대상이 나를 이끌어줄까?"

나는 죽을 때, 삶의 활기를 기억하고 싶다. 내가 사랑하는 원더우먼처럼, 금빛 밧줄을 단단히 동여매고 미지의 세계로 떠나면 어떨까? 그래서 천 갈래 방향을 향해 사랑을 풀어놓을 수 있다면 더 바랄 게 없다.

나는 죽을 때, 심장과 영혼에 경험과 이야기를 풍부히 심고 떠나고 싶다. 앞으로 나아가고 위로 떨어지고, 그러다 몸이 닿는 그런 경험을 원한다. 굳었던 감정이 풀리고 좁은 시야가 확장될 때까지 지금 이 순간에 존재하고 싶다. 숨결과 생각 사이 침묵을 부유(浮游)하고, 삶의 흐름 속에서 위로 떠오르고 아래로 가라앉으며, 알 수 없는 흐름을 따라 꿈꾸고 표류하는 법을 익히고 싶다. 이 모든 것은 죽음을 대비한 행동이 아닌, 매 순간 삶으로 가득 찬 모습이다. 나는 춤을 추다 다음 스텝을 밟듯이, 죽음이라는 문턱을 자연스레 넘는 연습을 하고 싶다. 죽음이 가져올 정적과 침묵을 편안히 느껴 고요함 속에 뿌리내리고 싶다.

나는 지금 당신 대답이 궁금하다. 당신은 어떤가? 망설이는 마음을 내려놓고 진솔하게 대답한다면, 당신은 아래 문장에 어떤 말을 덧붙이고 싶은가?

"나는 죽을 때…."

우리가 모두 잘 사랑하는 방법을 배우기를, 두려움을 극복하도록 이끄는 더 크고 강한 사랑을 찾기를 마음을 다해 기도한다.

어떻게 해야 무력감의 문을 통과해 열정을 찾을 수 있을까? 나는 열정이 나의 마음을 열어젖혀 나와 세상 사이 구분마저 없앤다는 사실을 안다. 열정이 내면에 깊은 뿌리를 내려 나를 계속 성장하도록 이끈다는 사실도 안다. 하지만 열정이 빛을 향해 나아가면서도, 무력감이라는 어두운 땅을 향한다는 사실은 왜 자꾸 잊는 걸까?

어둠이 있어야 빛이 보인다

"인간은 우주라고 부르는 전체의 일부입니다. 인간이 서로 분리됐다는 생각은 정신이 만든 시각적 오류에 불과하죠. 우리는 분리됐다는 감각 때문에 독방에 갇힌 듯 생활합니다. 그러니 타인과 세상을 널리 살피며 연민을 느껴야 해요. 그래야 모든 사람과 상황에 연결될 수 있습니다."
– 알베르트 아인슈타인

앤디와 나는 방금 막 인도에 도착했다. 달라이 라마가 우리를 초대했기 때문이다. 나는 떨리는 마음에 몇 달 동안 만남을 준비했다. 깨진 보도블록을 밟거나, 노숙자를 만나는 등 달갑지 않은 상황을 맞닥뜨려도 자비롭게 웃었다. 마치 연꽃 위에 앉아 가부좌를 튼 부처님처럼, 세상이 어찌 되려나 싶은 뉴스를 보면서도 좋은 면만 생각하려고 애썼다. 나는 하루에 세 번씩 명상하면서 흐트러진 마음속을 떠다니는 욕망을 알아차리고 놓아줬다. 물론 명상 중에 집중을 흐트러뜨리는 망상을 하기도 했다. 달라이 라마가 나를 천수관음의 환생으로 여기는 어이없는 상상도 했는데, 상상 속에서 나는 즉시 깨달음을 얻고 모든 존재에게 사랑의 씨앗을 흩뿌렸다. 그렇게 몇 달을 보내다 보니 뉴델리에 도착해서는 공항 화장실에서 바퀴벌레를 보고도 자비롭고 겸손한 미소를 지을 수 있었다.

공항에는 내 친구이자 경험 많은 가이드인 사비트리가 나와 있었다. 사비트리는 우리를 만나자마자 구걸하는 사람에게 절대 돈을 주지 말라고 신신당부했다. 특히 아이가 구걸할 때는 절대 돈을 주지 말라고 못 박으며, 그 대신 지역 자선단체에 기부하라고 말했다. 아이에게 돈을 줬다간 착취하는 어른이 아이를 불구로 만들어, 관광객에게 돈을 더 많이 '벌어오게' 만드는 학대가 계속될 거라고 했다.

그래서 나는 이틀 동안 차를 타고 다람살라로 이동하면서 당부대로 행동했다. 도시나 마을 거리를 지나다 구걸하는 사람을 만나면, 좌석으로 몸을 바짝 붙였다. 천수관음이 가졌다는 천 개의 손으로 얼른 창문을 닫았고, 중생을 돌본다는 천 개의 눈으로 나만 바라봤다. 여정은 너무나 길고 힘들었다. 내가 이기적이고 무자비하게 행동했다는 사실이 나를 더욱 지치게 했다.

마침내 녹슬고 덜컹거리는 검은 세단이 티베트 게스트하우스 앞에 멈췄다. 차에서 내려 칙칙한 계단을 올라가려는데, 온몸이 뻣뻣하고 경직돼서 발을 딛기도 힘들었다. 지구 반 바퀴를 돌아서 여기에 왔기 때문만은 아니었다. 이 나라 사람이 처한 상황과 나를 철저히 분리해서 몸과 마음이 모두 굳어버린 것이었다. 달라이 라마에게 보이고 싶은 친절하고 연민 넘치는 모습이 전혀 아니었다.

이튿날 아침, 나는 다짐했다. 비록 구걸하는 아이에게 돈을 주지는 않더라도 따뜻한 관심을 보여주자고. 나는 마음가짐을 다시 하며 스웨터를 입었다. 그리고 문을 열었는데 문 밑에 아름다운 편지 봉투가 놓여 있었다. 달라이 라마가 몸이 좋지 않아서 대신 그의 스승이었던 한 린포체*가 오후에 우리를 만날 예정이라는 내용이었다. 가슴이 철렁 내려앉았다. 몇 달 동안 품어온 꿈과 환상이 깨져 차가운 돌바닥에 파편이 난무한 것 같았다. 온갖 짜증이 몰려왔다. 추레하고 늙은 린포체를 누가 쳐준다고? 달라이 라마가 아니면 아무 의미가 없었다.

나는 게스트하우스를 나와 터벅터벅 걸었다. 잿빛 어둠 속을 걷는 것처럼 마음이 답답했다. 실패한 희망이 끈덕지게 달라붙었고, 그 탓에 발걸음은 천근만근 무거웠다. 주위 풍경은 생기를 잃었고, 구름마저도 갑갑하게 내려앉았다. 나는 처량하고 버림

---

* '살아 있는 부처[活佛]'라는 뜻으로, 티베트 불교에서 전생의 수행자가 환생했다는 사실이 증명된 사람을 뜻한다.

받은 기분을 느끼며 엄청난 무력감 속에 점점 빠져들었다.

나는 멍하게 걷느라 한 여자아이가 나를 쫓아오는지도 몰랐다. 아이는 손바닥을 내게 쭉 뻗으며 나를 따라오고 있었다. 아이는 대여섯 살쯤 되어 보였는데 비참할 만큼 깡말라 있었다. 살갗, 머리카락, 두 눈은 물론 누렇게 해진 옷에도 흙먼지가 가득했다. 아이의 팔과 다리는 젓가락 같았고, 가까이서 보니 오른손에는 손가락 세 개가, 왼손에는 손가락 두 개가 없었다. 아마도 나병을 앓고 있는 듯했다. 나는 아이를 바라보다가 문득 아침에 했던 다짐을 떠올렸다. 어두운 먹구름 사이로 붉은 태양이 솟아난 것 같았다. 나는 아무 생각도 하지 않고 아이를 번쩍 들어 품에 안았다. 아이는 두 눈을 반짝이며 고개를 뒤로 젖히고 킥킥 웃었다. 그리고 "당신을 사랑해도 될까요?"라는 눈빛으로 나를 바라봤다.

그 순간 내가 가진 믿음, 예절, 태도, 가치관이 흔적도 없이 사라졌다. 나는 뭘 할지, 무슨 말을 할지 아무 생각도 하지 못했다. 그저 가슴뼈가 부러지듯 가슴 중심부가 열리고 뭔가 위로 치솟는 기분을 느꼈을 뿐이다. 이런 경험은 내게도 놀라웠지만, 지켜보는 아이에게도 신비로웠을 것이다.

나는 노래를 자주 부르는 편이 아니다. 더 솔직히 말하면 목소리가 들릴 법한 거리에 어떤 생명체라도 있으면 나는 절대 노래하지 않는다. 철없을 때는 가족, 친구, 선생님, 심지어 기르던 동물 앞에서 신나게 노래를 부르기도 했다. 하지만 내가 음치라는 사실을 인정한 뒤에는, 사랑하는 이들을 위해서라도 나의 독특한 음색을 꼭꼭 숨겼다. 하지만 그 순간 모든 규칙이 깨졌고, 어떤 준비나 리허설도 불가능했다. 누더기를 걸친 작은 소녀가 웃어줬을 때 내 마음은 이미 활짝 열렸고, 덩달아 입도 제멋대로 열렸다. 나는 알래스카의 싱어송라이터인 리비 로더릭 Libby Roderick(1958~)*에게 배운 노래 〈어떻게 그럴까요How Could Anyone〉를 부르기 시작했다.

어떻게 그런 말을 할까요
당신이 아름답지 않다니요
어떻게 그런 말을 할까요
당신이 완전하지 않다니요
어떻게 알아채지 못할 수 있죠
당신의 사랑은 기적이고
당신은 나의 영혼에 깊이 닿아 있어요

나는 노래를 부르며 오른손으로 수화를 시작했다. 위스콘신주에서 청각 장애아동을 돌보는 샌디가 알려준 몇 가지 단어였

---

* 미국의 가수이자 시인이며 적극적인 사회활동가이다.

다. 그러자 갑자기 눈물이 뺨을 타고 흘렀다. 아이는 수화를 이해하지 못했겠지만 그런 건 상관없었다. 그 순간 우리는 서로를 온전히 이해했다. 아이는 먼지투성이 왼손을 뻗어 두 손가락으로 내가 흘린 눈물을 집더니, 입술로 가져가 입을 맞췄다. 그 순간, 세상은 멈췄고 잠시 후 깊은숨을 토해냈다. 그리고 이제 끝이 났다. 아이는 웃고 꼼지락거리며 몸을 빼더니 뒤도 돌아보지 않고 뛰어갔다.

나는 한동안 벅찬 마음을 느끼며 천천히 걸었다. 마치 마음속에 새로운 공간이 생긴 듯했다. 하지만 길모퉁이에 다다랐을 때, 이상한 점을 느꼈다. 머릿속에서 분명한 목소리가 들렸는데, 바로 우리 엄마였다! 엄마는 당장 손과 얼굴을 씻으라고 단호히 경고했다. 나병이 전염된다는 걸 모르고 있었나? 아차 싶은 마음이 들면서 어이가 없어 웃음이 터졌다. 방금까지 아이를 껴안고 눈물을 흘리다가, 이제야 전염병 걱정을 하다니! 머릿속이 뒤죽박죽이었다. 손가락이 너무 아프면 통증마저 사라지듯, 나는 아직도 온전히 느끼지 못하고 있었다.

열정은 타인을 어루만지며, 타인이 내게 건네는 손길도 허락하는 포용력을 말한다. 이름도 알 수 없는 작은 아이는 나의 마음을 활짝 열어, 내가 온 세상을 마음에 품도록 했다. 그리고 열정이 강처럼 흐른다는 사실을 내게 알려줬다. 열정을 뜻하는 'passion'을 자세히 뜯어보면 세 단어가 보인다. 바로 'pass', 'I', 'on'이다. 그 세 단어처럼, 열정은 나를 상대에게 건네주는 일이다. 지금 나는 아이와 연결됐던 순간을 이야기하며, 당신에게 그때의 감정을 건네고 있다. 열정이 내게서 당신에게로 흐르기 때문이다. 열정은 사랑하는 것을 세상에 건네고픈 마음을 만들어 낸다. 그 마음을 통해 세상도 우리에게 흘러들어온다.

***

나는 통나무집에 소중한 머펫 인형*을 하나 가져왔다. 지난번 주워온 솔방울이나 산책 중 발견한 벌집처럼, 머펫 인형도 내게 조언을 한다. 세상에는 수백 개의 머펫 캐릭터가 있고, 그중에 내가 실제로 보거나 책으로 접하거나 알고만 있는 캐릭터도 많지만, 어쨌든 모든 머펫은 내 친구다. 머펫은 삶의 지혜를 영상 속에서 입체적으로 보여준다. 내면의 조언자가 되어 내 마음을 에워싸고 있는 장벽을 부수는 일을 돕는다. 너무 무기력해서 뭘 '하거나' '고치거나' '도울 수 없는 순간'에도, 머펫은 내게 중요한 진리를 알려준다. 단순하지만, 궁극적으로 우리가 삶을 사랑할 수 있다는 사실이다. 우리는 삶이 선사하는 경험을 거부하거나 바꾸지 않고, 온전히 받아들이고 함께하면서 삶을 사랑할 수 있다.

---

* 1976~1981년 미국에서 방영된 인형극 〈머펫 쇼The Muppet Show〉에 출연한 인형이다.

최근에 나는 이 사실을 잊고 있었다. 열정을 되살리겠다고 산속까지 왔는데, 무력감과 무관심에 빠져 살았다. 나는 이스트 없는 반죽처럼 축축 처졌다. 그래서 오늘은 깜깜한 새벽에 일어나 스노슈잉을 하고 산 중턱 위로 떠오르는 일출을 보기로 마음먹었다. 문을 나서자 칠흑 같은 어둠이 펼쳐졌다. 나는 어둠 속에서 편안함을 느꼈다. 그렇게 자연의 어둠도, 영혼의 어둠도, 무지의 어둠도 편안히 받아들였다. 숲속을 터벅터벅 걷자 통나무집에 있을 때보다 더욱 큰 안도감을 느꼈다. 나는 숲속으로 탈출한 게 아니라 다시 돌아온 거라는 생각이 들었다. 그 순간, 어두운 지평선 위로 금빛 태양이 서서히 솟아올랐다. 나는 가만히 서서 떠오르는 태양을 한참 바라봤다.

나는 누군가와 대화하고 싶었다. 아니, 사실은 불평할 사람이 필요했다. 누구와도 소통할 수 없는 지금, 나는 마음속으로 친구를 한 명 떠올렸다. 언제나 내게 진실한 조언을 해주는 래였다. 래의 뺨에서는 언제나 은은한 비누 향이 났고, 래와 함께 있으면 마음이 편해 숨을 깊게 쉴 수 있었다. 그녀를 떠올리기만 해도 마음이 편안해 마음껏 물을 수 있을 것 같았다.

래를 떠올리던 순간 갑자기 가문비나무에서 커다란 눈덩이가 툭 떨어졌다. 래가 답을 주는 것만 같았다.

"당연하지. 열정을 깨우는 방법에 대해 쓰고 있다면, 먼저 열정적이지 않은 상황을 모두 알아야 해. 열정 반대편에 숨어 있는 무력감을 우선 파악해야지. 어둠이 있어야 빛이 보이니까. 그림자를 알지 못하는데 어떻게 내면의 빛과 진정한 관계를 맺겠어?"

래는 분명 이렇게 말했을 것이다. 나는 그 말을 곱씹으며 또 다른 조언자를 한 명 떠올렸다. 바로 물리학자 닐스 보어Niels Bohr(1885~1962)*였다. 그는 "심오한 진실의 반대는 거짓이 아니라 또 다른 심오한 진실일 수 있다."라는 말을 남겼다. 빛을 알려면 어둠을 알아야 하듯이, 열정을 이해하려면 반대되는 진실도 반드시 파악해야 한다. 그래야만 더욱 열려 있고 열렬하고 부드러운 삶 속에서 새로운 가능성을 발견할 수 있다.

이렇게 생각하니 무력감은… 아니, 이제 그만하고 싶다. 감정에 꼬리표를 붙이는 일은 멈추고 싶다. 우리는 감정을 밀어내지 말고 환영해야 한다. 감정을 외면하며 벽을 쌓는 대신, 마음을 열고 부드럽게 대해야 한다. 내가 티베트에서 꼬마 아이를 만나고 순수한 감정에 몸을 맡겼듯, 우리는 감정과 연결되어야 한다.

감정에 몸을 맡기자니 마음으로는 알 것 같지만 머리로는 왠지 미심쩍다. 당신도 그렇지 않을까? 당신에게 의심을 거두라고 말할 생각은 없다. 그저 마음을 열고 어떤 감정이 열정을 가두는지, 어떤 감정이 열정을 풀어주는지 생각해보면 좋겠다.

---

* 덴마크 출신 물리학자로 양자역학의 발전을 이끌었으며 1922년 노벨물리학상을 받았다.

나는 지금 감각에 집중하고 있다. 무겁고 어두운 무력감은 나를 자꾸만 어둠 속으로 끌어당긴다. 모든 것을 내려놓고 잠에 빠지듯 나는 점점 늪에 빠져든다. 열정이 잠든 모습이 바로 무력감일까?

어쩌면 무력감은 커다란 지혜가 뒤틀린 모습일지 모른다. 우리에게 오직 열정만 있다면 우리는 믿을 수 없을 정도로 담대히 행동해, 황홀함 속에서 자신을 몽땅 태워버렸을 거다. 우리에게는 깜깜하고, 적막하고, 고요한 밤 또한 필요하다. 그래야 우주의 움직임을 볼 수 있는 별과 별자리가 눈앞에 나타난다.

어둠이 드리우지 않았는데 촛불이 빛날 수 있을까? 빛과 어둠, 탄생과 죽음, 죄와 용서 중에서 원하는 것만 분리해 취하는 일이 가능할까? 지지 않은 태양은 결코 다시 떠오르지 않는다. 온전한 휴식이 없는 열정은 삶을 절대 역동적으로 이끌 수 없다.

나는 과거에 무력감이라 불렀던 에너지 속에서 침묵을 듣고 있다. 텅 빈 공간에서 어떤 소리가 희미하게 새어 나온다. 굶주림이 내는 소리, 흡사 누군가 울부짖는 소리 같기도 하다. 티베트에서 만난 소녀가 경험한 신체적 굶주림을 뜻하는 게 아니다. 나는 굶주림이 내는 소리를 익숙하게 느껴 행동을 멈추고 집중했다. 나는 이 소리를 몇 년 동안 들어왔다. 삶의 의미를 찾는 사람들 곁에 있을 때마다 이 소리가 희미하게 들렸다. 신성함을 갈구하고, 영혼에 뿌려진 씨앗이 싹트기를 갈망하는 소리. 정신없는 일상에 치여 내팽개친 재능과 잠재력이 언젠가 피어나길 기다리며 나를 부르는 소리였다.

들으면 들을수록 굶주림의 소리가 선명히 울려 퍼졌다. 영혼의 기본적인 필요를 채워달라고 내게 부탁하는 것 같았다. 굶주림은 자신을 내보이고 상대를 인정하며, 사랑을 표현하고 받아들이며, 사랑하는 대상과 함께 사랑하며 살라고 말했다. 평화롭고 만족스럽게 살아 삶에 평화와 만족을 이루라고 간청했다. 삶에 변화를 일으켜 인정받고 다른 사람이 우리를 변화시킨다는 사실도 인정하라고 부탁했다. 삶에서 의미와 목적을 찾되 삶 역시 우리 존재 속에서 의미를 발견하도록 두라고 전했다.

당신이 숨 쉴 틈 없이 바쁘게 살아서 무력감이나 진실한 적막함에 집중한 적이 없다면, 굶주림이 내는 소리를 전혀 듣지 못했을 것이다. 하지만 황량한 숲속에 남은 오래된 가문비나무처럼 적막 속에 존재할 수 있다면, 그래서 열정의 어두운 뒷면을 기꺼이 탐험한다면, 굶주림이 내는 소리가 당신에게도 들릴 것이다. 당신이 귀 기울인다면 영혼의 소리를 분명 들을 수 있다. 신성한 굶주림은 우리가 안전을 위해 고수해온 옛 방식을 내려놓으라고 요구한다. 우리는 익숙함에서 벗어나 영혼의 소리를 들어야 한다. 그래야 우리가 사랑하는 대상이 생명력을 얻어 꽃으로 피어날 수 있다.

나는 티베트에서 만난 아이의 이름을 모르지만, 그 아이를 잊은 적은 없다. 할 수만 있다면 이렇게 말해주고 싶다. "너의 손길이 나의 심장에 남아, 뺨에 흐르는 눈물을 네가 집어 가기 전처럼 살 수는 없게 됐어." 나는 아이를 떠올리면서 열정이 결코 우리를 버리지 않는다는 사실을 되새긴다.

나는 이 책을 읽고 있는 당신이 궁금하다. 당신이 세상의 움직임과 소음에서 벗어나 깊은 적막함 속에 있을 때, 내면에서 어떤 소리가 나는가? 내면을 울리는 신성한 굶주림이 무슨 말을 거는가?

우리가 호기심을 갖고 자신의 마음을 탐험하기를, 그래서 열정이 부르는 소리에 대답할 수 있기를 기도한다. 우리에게 열정이 만든 길을 따라갈 용기가 깃들기를 간절히 기도한다.

크나큰 상실과 슬픔을 겪은 후 어떻게 열정에 다시 불을 지필 수 있을까? 그건 성취하거나 배우거나 심지어 얻을 수 있는 게 아니었다. 열정의 원천은 내 안에 있다. 이 사실을 깨달아야 열정을 회복하고 되찾고 다시 불붙이는 일 또한 내 몫이라는 점을 받아들일 수 있다. 삶의 위기는 사랑하는 곳에서 열정의 원천을 찾으라고 우리를 재촉한다. 고통이 영혼을 파고들며 깊은 물길을 낼수록, 물길을 타고 흐르는 기쁨 역시 더욱 커진다.

불도 희망까지 태우지는 못한다

"위기에 처했을 때 사람들은 삶의 의미를 찾아요. 의미는 역경을
견디는 힘을 주니까요. 어쩌면 우리의 생존은 의미를 추구하고
찾는 과정에 달려 있을지도 모릅니다."
– 빅터 프랭클

우리는 강의실 밖으로 의자를 치운 다음, 반점이 얼룩덜룩한
장판 위에 가지각색의 방석을 깔았다. 콘크리트 벽은 옅은 녹색
이었는데, 보는 순간 군대 막사나 정신 병원이 떠올랐다. 이런 곳
에서 '당신의 열정을 찾아서, 불꽃이 다시 타오르게!'라는 이름의
워크숍을 진행하려면 기적이 필요하지 않을까?

나는 마음을 다잡기 위해 빅터 프랭클을 떠올렸다. 워크숍에
참여한 스물네 사람뿐 아니라, 나에게 되새기기 위해 칠판에 이
렇게 썼다.

"당신이 어떤 사람인지 결정하는 건 삶에 닥친 사건이 아니다. 어떻게 반응할지 선택하는 당신 모습이다."

손에 묻은 노란색 분필 가루를 털기도 전에, 심지어 앤디가 좋은 아침이라고 입을 떼기도 전에, 누군가 강의실 문을 다급히 두드렸다. 검은 베일을 쓴 야윈 수녀가 조심스레 들어오더니 급한 전화가 왔다고 내게 속삭였다.

나는 수녀의 굽이 두꺼운 신발을 쳐다보며 복도를 걸었다. 공중전화는 유리문으로 둘러싸인 사무실 옆에 걸려 있었다. 사무실을 보니 다른 수녀 세 명이 분주한 듯 타자를 치고 있었다. 나는 공중전화가 걸려 있는 벽으로 다가갔다. 벽에 이름과 전화번호가 연필로 적혀 있었고, 나는 검지로 손을 짚어가며 내 이름을 찾았다. 나는 몇 번 망설이다가 심호흡을 반복했다. 그리고 마침내 은색 줄이 매달린 수화기를 집어 들었다. 친구 데일의 목소리였다. 그녀 목소리는 언제나 살짝 허스키했다.

"도나, 정말 안 좋은 소식이 있어."

데일은 한 단어, 한 단어 신중히 발음했다. 데이비드가 다쳤다는 얘기만큼은 정말 듣고 싶지 않은데.

"설마, 데이비드야? 데이비드가…?"

데일은 내가 말을 끝내기도 전에 재빨리 답했다.

"아니야, 데이비드는 괜찮아. 정말이야. 그게 사실, 너희 집에 불이 났어."

나는 놀라서 뒷걸음질 쳤다. 그 순간, 사무실 문 위에 걸려 있는 십자가가 눈에 들어왔다.

"세상에! 데일, 제발 사실대로 말해줘. 데이비드가 다친 거야? 화상을 입었어?"

"데이비드는 괜찮아. 정말이야. 다친 데 없어."

나는 유리문을 통해 수녀들을 바라봤다. 나를 부르러 왔던 야윈 수녀가 안심하라는 듯 편안히 미소 지었다. 나는 숨을 내쉬었다. 멈췄던 세상이 이제야 다시 돌아가는 것 같았다. 데이비드만 괜찮다면 나는 무슨 일이든 이겨낼 수 있다.

앤디가 언제 복도에 왔는지, 내가 화재에 대해 뭐라고 전했는지 모르겠다. 불에 탄 집은 앤디 별장이자 현재 우리가 머무는 곳이었다. 앤디는 얼굴이 하얗게 질려서는 길 아래 사는 농부 진 브라우넬에게 급히 전화했다. 진은 정이 많고 팔팔한 할아버지였다. 체격이 좋은 손자뻘 청년들과도 거뜬히 팔씨름을 할 정도였다. 건초 더미 두 개를 한 번에 들 수도 있었다. 그런 진이라면 우리를 위해 뭐든 해결해줄 것이다. 집으로 가서 데이비드를 찾고, 우리가 도착할 때까지 튼튼한 팔로 데이비드를 감싸줄 것이다.

몇 분 후, 공항으로 가려고 급히 강의실을 떠나는데, 누군가 손에 카드를 쥐여줬다.

"이거 가져가요. 미시간에 있는 친구가 보내준 카드예요. 친

116

구네 집도 불에 타버렸대요. 여기 이렇게 쓰여 있더라고요. '우리 집이 불에 타버렸는데, 그래서 달이 뜨는 모습이 보여.'"

나는 카드를 챙겨 들고 공항으로 향했다. 비행기에서 앤디의 크고 단단한 손을 꽉 쥐었다. 숨을 고르며 내게, 이 말을 되뇌고 또 되뇌었다.

"당신이 어떤 사람인지 결정하는 건 삶에 닥친 사건이 아니다. 삶에 닥친 사건이 아니다…"

아무리 침착하려고 애써도 자꾸만 마음이 급해졌다. 어서 비행기에서 내려 집으로 달려가고 싶은 마음이 굴뚝 같았다. 나는 마음의 준비를 해야겠다고 결심했다. 집 안 곳곳을 떠올리며 불타 사라졌을 물건을 헤아리자 손에 힘이 꽉 들어갔다. 나는 마음을 내려놓으려 애쓰며 힘을 풀고 호흡을 가다듬었다. 데이비드의 어린 시절 사진을 담아놓은 상자도 불탔을까? 그래, 적어도 데이비드는 무사하니까 그런 건 상관없다. 엄마가 떨리는 왼손으로 삐뚤빼뚤 메모해놓은 유대교 전통 요리책은 어쩌지? 됐다, 어차피 거의 기억하고 있으니까. 서재에 있는 책도 불탔을까? 세상에, 설마…. 몇 년 동안 위안이 돼준 나의 충실한 친구들이 모두 떠나다니. 그래 뭐, 책이야 새로 사면 되니까. 컴퓨터는 어쩌지? 이참에 새로 하나 장만하자. 책상도 탔으려나? 잠깐만, 책상…? 책상 위에 올려놓은 내 원고는? 나는 한계에 다다랐다. 힘을 풀고 자시고 할 게 없었다. 나는 앤디의 손을 내려놓고 크게 소리쳤다.

"세상에! 원고는 절대 안 돼!"

통로 쪽에 앉은 남자가 깜짝 놀라 나를 쳐다보더니, 눈이 마
주치자 헛기침을 하고는 황급히 〈월스트리트 저널〉을 뒤적였다.
앤디가 몸을 숙여 내 등을 쓱쓱 쓸어줬다.

"당신은 절대 몰라."

내가 입을 떼자 통로 쪽 남자가 움찔거렸다. 내 목소리에 날
이 바짝 섰다.

"2년 동안 고생 고생해서 쓴 원고가 잿더미가 됐어. 복사도
안 해놨는데. 편집자 메리 제인이 직접 손으로 교정까지 마쳤어.
이거 사라지면 진짜 끝이야. 여기 담긴 사람들의 사연도 싹 다 사
라지는 거라고!"

앤디는 아무 말 없이 내 이마에 키스했다. 나는 의자에 깊숙
이 몸을 기댄 채 호흡을 가다듬으려 노력했다. 내가 어떤 사람인
지 결정하는 건 삶에 닥친 사건이 아니라는 말을 되새기고 또 되
새겼다.

공항에는 데이비드가 나와 있었다. 데이비드의 성한 몸을 껴
안자 혼란스러운 마음이 잠시 가라앉았다. 하지만 데이비드의
스웨터, 목덜미, 양손에서 짙은 그을음이 잔뜩 묻어나왔다. 축축
하고 쓰라린 어둠이 앞에 놓인 것만 같아 나는 두려웠다.

무슨 정신으로 어떻게 집에 왔는지 잘 모르겠다. 웨스트쇼

어 거리가 소방차로 가득 찼었다는 말을 얼핏 들었다. 아마 데이비드가 했을 것이다. 우리는 자갈이 깔린 앞마당에 차를 세우고 황급히 내렸다. 그렇게 많이 왔다던 소방차는 모두 떠나고 없었다. 불과 몇 시간 전에 큰불이 났다고 하기에는 사방이 너무 고요했다. 나는 낯선 기분에 휩싸였다. 차마 집에 들어갈 엄두가 나지 않아 밤하늘을 바라보며 마음을 달랬다. 깜깜한 하늘에 가느다란 초승달이 걸려 있었다. 달을 보자 어릴 적 아빠가 들려주던 시구가 떠올랐다.

"무슨 일이 있더라도 은색 잔에 달을, 금빛 잔에 태양을 싣고 가야 해."

동물들이 다 죽어간다고 말한 사람은 데이비드였던 것 같다. 어쩌면 진 브라우넬이었을지도 모른다. 그날 아침, 데이비드는 출근 준비를 하며 골든레트리버 밤비와 머펫을 집 안에 들여놨다고 말했다. 바람이 유독 거세, 늙고 관절염도 있는 밤비가 걱정됐기 때문이다. 밤비가 심심할까 봐 딸인 머펫까지 집에 들였다고, 데이비드는 떨리는 목소리로 말했다. 스무 살짜리 삼색 털 고양이 도미노도 집 안에 있었던 것 같다. 도미노는 위층 문에 달린 고양이 출입구로 언제든 나갈 수 있었는데…. 데이비드가 나가고 한 시간쯤 지나자, 길 건너편에 사는 리더 목사가 우리 집 굴뚝에서 연기가 타오르는 광경을 목격했다고 말했다. 재빨리 소방서에 신고했지만, 소방차가 도착했을 때 집은 이미 불에 다 타버렸다고. 45분 만에 우리 집은 완전히 사라져버린 것이다.

평소 집에 돌아온다는 말은 은은한 나무 향과 온기 속에서 따끈하고 노릇노릇한 빵을 맛본다는 걸 의미했다. 하지만 집에 들어섰을 때, 아니 집의 잔해 속에 발을 디뎠을 때 플라스틱 탄내가 훅 올라왔다. 이게 상실의 냄새일까. 우리는 더 들어가지 못했다. 너무 현실감이 없다 보니 영화 세트장 같다는 생각마저 들었다. 집을 살펴보니 바깥쪽 뼈대는 생각보다 멀쩡했다. 하지만 내부는 습기로 가득 차 있어서 손전등 불빛마저 제대로 볼 수 없었다. 우리는 말 없이 집 뒤에 있는 헛간으로 향했다. 말 래피가 옅은 노란색 천이 덮여 있는 더미 위에 고개를 축 늘어뜨리고 서 있었다. 우리를 반기던 울음소리도 내지 않았다. 데이비드가 무릎을 꿇었고, 앤디가 손전등으로 더미를 비추며 천을 들췄다. 그곳에 밤비, 머펫, 도미노가 서로 얽힌 채 움직이지 않았다. 밤비가 바깥에서 머펫을 감쌌고, 머펫은 도미노를 감싼 모습 그대로였다. 도미노는 데이비드가 처음 기른 고양이었다.

우리는 동시에 날카로운 숨을 뱉었다. 갑자기 생생한 현실감이 나를 덮쳤다. 모든 게 진짜였다.

"세상에, 말도 안 돼."

앤디가 중얼거리며 뒷걸음질 치자, 우리는 모두 그 자리에서 일어섰다. 그리고 서로 꽉 껴안고 울부짖기 시작했다. 그 순간, 슬픔을 겪었던 모든 존재가 우리를 찾아와 감싸주는 듯한 기분이 들었다. 우리는 서로 슬픔을 느끼고 위로했다. 은빛 초승달 아래, 우리가 함께 있다는 사실이 위안이 됐다. 혼자서는 도저히 감당할 수 없을 슬픔이었다.

할머니는 햇빛이 언제나 새로운 시작을 가져온다고 말했었다. 하지만 이튿날 아침, 숯덩이로 변해버린 집으로 들어갔을 때 내게 보이는 거라곤 오직 끝뿐이었다. 우리는 말 없이 걷다가 충격을 받고 멈춰 서길 반복했다. 뼈대만 남은 부엌 벽에 전화기가 녹아서 눌어붙어 있었다. 주로 녹아버린 시계를 그렸던 살바도르 달리Salvador Dali(1904~1989)의 작품 같기도 했다. 걸을 때마다 새로운 상실감이 쌓였다. 나는 고개를 들어 위를 쳐다봤다. 천장이 사라져서 하늘이 바로 보였다. 침실이자 서재를 받쳤던 바닥 목재가 그을린 채 군데군데 있었다. 이제 집에는 바닥도, 침실도, 서재도, 욕실도 없다. 모든 게 사라졌다. 침대, 흔들의자, 그림, 책상, 책, 원고까지도. 어떻게 다 사라질 수 있을까?

"저게 뭐지?"

앤디가 우리 머리 바로 위를 가리켰다. 손가락을 따라가 보니 정체 모를 검은 형체가 목재 사이에 걸쳐 있었다. 앤디는 데이비드와 함께 목재를 하나하나 끌어오더니 그 위에 올라가 팔을 쭉 뻗어 검은 형체를 낚아챘다. 그걸 재킷 밑에 집어넣고 갑자기 내게 허둥지둥 다가왔다. 앤디와 데이비드는 아무 말도 없이 나를 밖으로 끌어냈다. 그런 후 앤디는 재킷에 손을 넣어 검은 형체를 꺼냈다. 바로 내 원고였다. 원고는 흠뻑 젖어 있었지만, 종이를 펼치자 놀랍게도 '내 안의 적은 없다: 잘못된 일에서 옳음을 발견하는 창의적 과정'이라는 제목까지 모든 글자가 선명히 보였다. 데이비드는 나의 젖은 뺨에 입을 맞추고 이렇게 속삭였다.

"엄마, 이 책은 꼭 출간돼야 하나 봐요."

우리는 희망을 품고 집을 계속 둘러봤고, 한쪽 편이 거의 불타지 않았다는 사실을 알았다. 차고에는 윈드서핑 장비가 그대로였고, 앤디 스튜디오에 있는 키보드와 악기도 멀쩡했다. 어디서부터 어떻게 시작할지 막막했던 우리에게 우주가 메시지를 보낸 것만 같았다.

여기에 다 쓰지 못한 이야기가 정말 많다. 우리는 많은 사람에게 정말 큰 도움을 받았다. 매디슨에 사는 사람들이 우리 새 출발을 위해 기금을 모으기도 했다. 나는 그 돈으로 작은 욕조라도 사야 한다고 고집했고, 몇 킬로미터 떨어진 곳에 마련한 임시 숙소에 욕조를 설치했다. 앤디와 데이비드는 매일 잿더미를 뒤지고 판자에 못을 박느라 손이 다 까질 지경이었다. 종일 고생한 두 사람이 덱에 놓인 욕조에 몸을 푹 담그고, 샘플레인 호수의 너른 수평선을 바라보며 휴식하길 바랐다. 보스턴에서 친구 몇 명이 찾아오기도 했다.

우리는 예전 집에서 새까맣게 탄 판자를 챙기고, 정원이었던 곳에서 풀을 뽑아와 동짓날을 기념하는 거대한 모닥불을 피웠다. 우리는 펑펑 울다가 위안이 되는 노래를 힘껏 불렀다. 누군가 불사조는 자신을 태우고 재 속에서 되살아난다고 말했다. 우리는 잿더미에서 일어설 줄 아는 것들을 손꼽으며 밤을 보냈다.

마침내 보험금을 받았을 때, 나는 불타버린 책을 사는 대신 앤디에게 처음으로 그랜드 피아노를 사줬다. 피아노는 데이비드가 힘을 보태 만든 새 거실에 놓여 있다. 욕조도 새로운 덱에 다시 설치했다. 우리가 호수 아래로 해가 지는 모습을 바라보는 동안, 새로 데려온 골든레트리버 샤카가 마당을 파헤치고 뼈를 묻었다. 밤비가 뼈를 묻어놓던 장소였다. 나는 지금 이 글을 쓰고 있는 서재에 커다랗고 둥근 창문을 설치했다. 창문을 통해 밤비, 머펫, 도미노의 무덤가에 심은 뽕나무를 볼 수 있다. 애디론댁 산맥 너머로 달이 떠오르는 모습이 보인다. 달빛이 창을 통해 흠뻑 쏟아졌다.

***

상실은 우리에게서 많은 것을 앗아가지만, 한 가지 큰 깨달음을 남긴다. 열정적인 사람은 위험을 감수하며 나아가면서도, 항복해야 할 때 패배를 덤덤히 받아들인다는 것. 무작정 달려드는 것은 열정적인 삶의 자세가 아니다. 우리는 패배 속에서 자신을 내려놓고 삶을 정비할 줄도 알아야 한다.

나는 맹렬히 요동치는 생명력이 우리 내면 중심부에 있다고 믿는다. 그래서 아무리 비좁고 어두운 터널이라도 끝까지 헤쳐 나가게 이끌어준다고 생각한다. 슬퍼하면서 상황을 받아들였던 과정은 앞으로 나아가는 일에 큰 도움이 됐다. 떠난 것을 놓아주고 영원히 함께할 마음에 의지할 때, 우리는 비로소 슬픔에서 벗어날 수 있다. 불이 난 후 몇 달 동안 겪었던 고통 덕분에 나는 겨울을 뜨겁게 보냈다. 마치 열병을 앓은 것처럼 호되게 아팠지만, 덕분에 더욱 깊고 단단히 나아갈 수 있었다.

사실 나는 고통을 이겨낼 준비가 전혀 되어 있지 않았다. 부모님은 내게 무슨 일이 있어도 고통을 피하라고 가르쳤고, 나는 그 말을 굳게 따랐다. 우리 가족은 누구나 때때로 불행을 겪는다는 사실조차 철저히 외면했다. 하지만 아무리 외면해도 시련은 부정의 장막을 뚫고 우리 앞에 등장했다. 그럴 때마다 우리 가족은 자신을 탓했다. 마치 우리가 부족해서 고통을 겪는다는 식이었다. 그래서 우리는 더욱 바쁘게 살며 부족하지 않은 사람이 되려고 노력했다.

우리 가족은 고통을 회피하는 일에 어느 정도 성공했다. 고통스러울까 봐 문제 상황을 직면하지 않고 언제나 아무 일 없다는 듯이 굴었다. 하지만 고통을 삶의 일부로 받아들이는 데에는 처참히 실패했다. 그래서 고통을 겪은 이후, 어떻게 슬퍼해야 할지 배우지 못했다. 괴로움이 마음을 깨부수고 들이닥쳤을 때도 항복 속에 깃든 평온함을 느끼지 못했다. 우리는 어쩔 수 없는 사건과 시간 속에서 어떻게 앞으로 나아가야 할지 알 수 없었다.

나는 최근에 도리스 레싱Doris Lessing(1919~2013)*의 책을 읽었는데, 정말 마음에 와닿는 구절이 있었다.

"거의 모든 인간은⋯ 이상한 믿음을 갖고 산다. 그중 가장 이상한 믿음은 오직 향상을 통해서 발전할 수 있다는 생각이다. 언젠가 알게 될 거다. 우리에게는 더하는 과정보다 덜어내는 과정이 더 필요하다는 것을."

우리는 상실을 경험하며, 자신과 세계에 대해 가졌던 확고한 생각을 조금씩 내려놓는다. 그리고 좀 더 크고 넓은 질서 속에서 자신과 세계를 바라보게 된다. 우리는 상실 덕분에 자신의 강점을 발견하기도 한다. 무엇을 정말 가치 있게 여기는지도 알 수 있다. 무엇보다도, 상실은 우리가 서로에게 얼마나 필요한 존재인지 알려준다.

불이 났던 날, 나는 12월의 깜깜한 어둠 속에서 내 모든 고집과 반항심이 발뒤꿈치에서 머리로 치솟는 느낌을 받았다. 나를 살아 있게 하고 회복시키는 생명력은 이미 나를 이끌고 있었다. 나는 집을 짓다가 늙어 죽는 한이 있더라도 집을 꼭 재건하겠다

* 이란에서 태어난 영국인 작가로 2007년 노벨문학상을 받았다.

고 마음먹었다. 어떻게 해서든 잔해에서 가장 좋은 선(善)을 만들어내리라 다짐했다.

공중그네에서 성공적으로 뛰려면, 미지의 세계를 향해 마음을 열고 흐름에 몸을 맡겨야 한다. 그렇지 않으면 분명 떨어지게 된다. 하지만 흐름에 몸을 맡기려면 먼저 그네의 움직임을 오롯이 느껴야 한다.

상실의 고통에 파묻히지 않도록 서로 붙잡아주지 않았다면, 우리는 고통 속에서 의미를 발견할 수 없었을 것이다. 우리는 불에 탄 잔해를 함께 파헤치며 인생에 귀 기울였고, 뭐가 정말 중요한지 생각했다. 모든 상실은 의미를 지니지만, 모두가 상실의 의미를 깨우치는 것은 아니다. 상실의 의미를 깨달으려면 슬퍼하되 고통에 빠져서는 안 된다. 상처받은 마음이 쉴 수 있도록 스스로 안식처가 되어야 한다.

나는 까맣게 탄 잔해를 파헤치며 잃은 것도 많지만 얻은 것은 더 많다고 생각했다. 이곳에서 나는 사랑이 지닌 가치를 되새겼다. 서로에게 뻗은 손길이 엄청난 변화를 만들어냈기 때문이다. 매디슨에서 친구들이 보내준 그래놀라를 먹고 힘을 냈고, 앤디가 어깨를 감싸준 덕분에 나는 인내할 수 있었다. 그해 겨울은 무척 추웠지만, 서로를 향한 애정 덕분에 우리는 따뜻할 수 있었다.

상실을 겪은 사람은 세상이 불완전하다고 여긴다. 그래서 의

심하고 부정하며 상실이 가져올 어둠을 피하려 애쓴다. 하지만 상실은 결코 혼자 오지 않는다. 뒷면에 아름다움이라는 선물을 숨기고 찾아온다. 상실은 우리의 사랑이 얼마나 위대한지, 우리가 어떤 존재인지 깊이 알려준다. 우리 본질에 맞게 행동한다면 상실을 극복하기에 충분하다고 말해준다.

나는 당신의 사연이 궁금하다. 당신은 살면서 어떤 상실을 경험했나? 무엇을 잃고, 누구를 떠나보내고, 어떤 꿈을 저버렸나? 당신을 거세게 흔들고 낚아채 결국 바닥까지 곤두박질치게 만든 상실이 무엇이었는지, 그래서 당신이라는 존재와 당신이 소중히 여기는 가치를 알게 되었는지 나는 알고 싶다.

상실의 순간에 보이지 않는 손이 우리를 붙잡아주기를, 상실의 슬픔이 살아가는 방법을 알려주기를. 삶이 지닌 진가를 드러낼 수 있기를 마음을 다해 기도한다.

3장

영혼

목적은 레이더 신호

"수천 년 동안 선원들은 밤하늘 별을 보고 자신의 위치를 파악했습니다. 우리에게도 이런 별, 즉 삶에 일렁이는 변화의 물결을 통과하도록 안내하는 내면의 기준점이 필요해요. 세상을 과학적으로 설명하는 사람들이 이 별에 이름을 지어줬어요. 바로 상수(常數)입니다. 상수는 '변하지 않는 값'이라는 뜻으로, 삶의 모든 변화에도 바뀌지 않는 특성, 행동 양식, 숨은 운영 체제를 말해요. 나의 본질적 존재라고도 말하죠. 자신의 상수를 찾는 일은 모든 인간의 과업입니다. 신비로운 우주를 헤쳐나가는 나만의 여정 끝에 우리는 상수를 발견할 수 있어요. 우리가 본질에서 너무 벗어난다면 변화가 일으키는 혼란 때문에 분열될 거예요. 그러나 본질에 가까워진다면, 거친 바다를 안전히 항해하도록 이끄는 내면의 안내자를 만날 수 있습니다."

– 데이비드 라샤펠David La Chapelle(1963~)[*]

---

[*] 미국의 사진작가이자 영화감독이다.

새벽 여섯 시 반, 나는 뽀드득 소리를 내며 눈밭을 거닐었다. 정신이 말똥말똥했다. 나만의 작은 세계인 통나무집에서 지난 넉 달 동안 머물면서, 나는 어느 때보다도 온전히 깨어 있고 열린 상태였다. 왼쪽 어깨 위로 해가 점점 떠오르자 오른쪽 어깨 아래로 달빛이 아스라이 사라졌다. 개똥지빠귀는 떠오르는 해를 보며 지저귀다가도 사라지는 달빛을 위해 멋진 멜로디를 선물했다. 그 순간, 나는 혼자였지만 전혀 외롭지 않았다. 마침내 이 세상 어딘가에 속한 것 같았다. 대단한 가문의 일원이 된 기분이 들었다. 큰까마귀와 말코손바닥사슴, 그리고 선홍빛으로 빛나는 사시나무가 이제 내 가족이다.

다시 해가 저물고 드넓은 하늘이 어두워지자, 나는 밖으로 나와 총총한 별빛 아래를 거닐었다. 밤에 혼자 걷다 보니 이런저런 생각이 들었다. 특히 나를 오랫동안 괴롭혀왔던 공허함이 떠올랐다. 얼마나 많은 사람이 나처럼 커다란 공허함을 느끼고 있을까? 가진 게 없어서가 아니라, 내면의 안내자가 없어서 늘 텅 빈 기분을 느끼지 않을까? 크게 생각하지 못하고 자신을 불신하고 스스로 한계를 짓는 행동이 우리 영혼을 어둡게 만든다. 영혼을 힘들게 하는 것은 아픔 자체가 아니었다. 오히려 삶의 목적과 동떨어져 있을 때 찾아오는 무의미한 괴로움이었다.

나는 고개를 들어 북두칠성 외에 내가 유일하게 아는 별자리를 바라봤다. 바로 사냥꾼, 오리온자리다. 오리온자리가 내 고민을 들었는지 이렇게 대답하는 것 같았다.

"나는 용감하고 뛰어난 사냥꾼이었어. 살해당했지만 이렇게 별자리로 태어났지. 하지만 별을 하나씩 바라보는 평범한 방법으로는 나를 찾을 수 없어. 나는 늘 여기에 있지만 햇빛이 환할 때는 나를 찾을 수 없지. 너는 어둠 속에서 눈을 크게 뜨고 별들 사이를 꼼꼼히 보며 전체 모습을 찾아나가야 해. 그래야 나를 볼 수 있어. 네가 삶의 주도권을 쥘 수 있도록 내가 늘 여기에서 용기를 줄게. 그러니 누구에게도 절대 주도권을 넘기지 마. 네 삶은 네가 만들어 나가는 거야. 삶은 생각만큼 짧지 않아. 아니, 사실 무한하지. 그러니 나를 보고 방향을 잡듯이 마음과 영혼의 외침을 나침반으로 삼고 나아가야 해. 오직 너만이 너의 세상을 만들 수도, 파괴할 수도 있어."

머리 위에서 오리온자리가 천천히 움직이는 모습을 보며, 나는 삶의 목적이 별자리를 닮았다고 생각했다. 삶의 목적은 오직 어둠 속에서 빛났지만, 항상 같은 자리에서 영혼의 나침반이 되어주고 있었다.

예전에 작가 멕 휘틀리Meg Wheatley(1944~)[*]의 수업을 들은 적이 있다. 그녀는 수업을 하다가 학생들에게 이렇게 물었다.

"삶의 목적은 우리가 세우는 걸까요, 아니면 발견해내는 걸

---

[*] 미국의 작가이자 교육자이며 강연가로 활동하고 있다.

까요?"

나는 질문을 받자마자 정답이 궁금했다. 하지만 멕은 무엇이 정답인지 논쟁을 벌이는 대신 우리에게 한 가지 실험을 제안했다. 첫째 주는 삶의 목적을 스스로 세워서 살아보고, 둘째 주는 삶의 목적이 주어진 것처럼 생활한 뒤 차이점을 알아보자고 말했다.

나는 당장 실험에 돌입하고 싶었다. 하지만 본격적으로 실험을 시작하기 전에, 내가 목적을 어떻게 생각하는지 정의해야 했다. 목적을 이해하는 과정은 영혼이 그동안 나를 어떻게 '만들어 왔는지' 파악하는 일과 비슷했다. 그리고 영혼의 언어는 말이 아닌 이미지였다. 그래서 나는 분석적 태도를 버리고, 직관적으로 목적을 이해하겠다고 마음먹었다. 내가 찾는 목적이 '비전 선언문' 같은 게 아니라는 점은 확실했다. 오히려 나는 그냥 느끼는, 레이더 같은 감각을 원했다. 철새는 몸에 있는 나침반이 지구 자기장을 감지하기 때문에 어디로 향해야 하는지 자연스럽게 안다고 한다. 내게 목적은, 영혼의 여정을 완성해가도록 나를 이끌어 줄 레이더 신호에 가까웠다.

첫째 주에 나는 스스로 목적을 세웠다고 생각하며 살았다. 그러자 내가 그리는 그림이 모두 모나고 개성 없고 딱딱하고 갑갑해 보였다. 혹시나 '목적'을 잘못 세웠거나 아예 세우지 못했을까 봐 걱정하는 마음이 묻어났다. 둘째 주에 목적에 대한 생각을 바꾸자, 마치 내가 사과나무가 된 듯한 느낌이 들었다. 내 영혼에 뿌려진 씨앗 안에 선물을 숨기고 태어난 듯했다. 내가 선물을 드러내도록 온 공동체가 기다리는 것만 같았다. 생명 에너지가 즉시 자유롭게 퍼졌고 그림에서는 빛이 났다. 생기가 넘치고 야성적이기까지 했다. 하지만 그림 속 원이 어딘가 불완전했다. 원을 그린 선이 다 연결되지 않은 것이다. 나는 영혼이 이미지로 전달하는 메시지를 골똘히 생각했다. 불완전한 원은 대체 무엇을 나타내는 걸까? 어쩌면 원은 신성(神性), 즉 전체성을 나타낼지 모른다. 사람들은 원 위 각기 다른 지점에 서서 다른 방향을 보고 있다. 삶에 대한 관점도, 나아가는 모습도 모두 다르다. 삶의 목적은 우리 내면의 안내자를 깨워 우리가 각각 원을 연결하도록 이끈다. 목적을 따르는 과정에서 우리는 삶의 의미를 찾고 전체성을 만들어낼 수 있다.

　내 목적을 어떻게 찾는지 말해줄 수 있는 사람은 없다. 목적은 나만의 깜깜한 하늘에서 천천히 모습을 드러내거나, 교회든 숲이든 내가 성스럽게 여기는 공간에서 윤곽을 드러낼 뿐이다. 주변에서 롤모델을 찾아보거나 시대를 대표하는 영웅들이 어떻게 고난을 이겨냈는지 알아내도 내 삶의 목적을 찾을 수는 없다. 다른 사람의 규칙은 내게 통하지 않기 때문이다. 삶의 목적은 비옥한 토양 속에, 음악이 태어나는 음표 속에, 선율 사이로 찾아오는 침묵 속에 존재한다. 목적을 찾는 일은 사실 매우 단순하고 기초적이다. 내 안에 숨은 선물을 찾고 어둠을 직면하고 상실을 경험하고 사랑을 선택할 때, 삶의 목적은 떠오르는 태양처럼 서서히 나타날 것이다. 그러니 가끔 혼자 고요히 있으면 된다. 자연 속에서 나를 마주하고 내면을 살피며, 나를 살아 있게 만드는 대화를 나누면 된다.

나는 지난 몇 달 동안 써온 일기를 읽으며, 삶의 목적을 보여주는 별자리가 있는지 찾았다. 내가 일기를 끝맺으며 소망을 썼다는 사실이 눈에 들어왔다. 11월 15일, 나는 "지혜를 키우고 잘 사랑하는 방법을 배우게 해주세요."라고 기도했다. 12월 8일에는 "널리 연민을 느낄 수 있도록 해주세요."라고 적었다. 1월 17일에는 "나의 본질을 깨닫고 세상에 드러내도록 도와주세요."라고 썼다. 그리고 2월에는 같은 주제를 조금씩 변형해 세 번 기도했다. "분석적 사고와 직관적 태도 사이에 생긴 갈등과 상처를 제가 치료할 수 있도록 해주세요."라는 바람이었다. 같은 선율이 반복되는 교향곡처럼 나 역시 같은 염원을 품고 있었다는 사실을 깨달았다. 나는 사람의 아름다움을 비추는 거울이 되고 싶었다. 그들이 믿지 못하는 사랑스러운 모습과 숨은 면모를 비춰주는 그런 거울이 되길 바랐다.

미래는 내가 고쳐나가야 할 망가진 시간이 아니었다. 오히려 완성해 나가야 하는 예술 작품이었다. 마음속에 질문을 오래 품다 보면, 질문 위에 소복이 먼지가 쌓이기도 한다. 그래서 질문의 윤곽이 잘 보일 때도 있다. 지금 내 앞에 놓인 질문들이 딱 그런 모습이었다. 나는 커다란 일기장을 꺼내 생각을 뒤흔드는 네 가지 질문을 적었다. 가끔 떠오르긴 했지만 삶의 목적을 알려주는 레이더 신호라고는 생각지 못했던 질문이었다. '내가 아직 주지 못한 게 뭘까?', '여태 치유하지 못한 상처는?', '아직 배우지 못한 게 뭘까?', '끝내 경험하지 못한 것은 뭐지?' 네 가지 질문을 탐구하자, 목적이라 불리는 별자리가 서서히 모습을 드러내기 시작했다.

내가 아직 주지 못한 게 뭘까? 우리 일상을 엮는 수천 개 순간 중, 시간이 모양을 바꾸고 평범한 길가에 특별한 빛이 쏟아질 때가 있다. 그때 우리는 목적을 찾아 헤매는 일을 멈추고, 목적 자체가 된다. 훗날 그때를 돌이켜보며 진가를 발휘한 순간이라고 묘사할지도 모른다. 신이 주신 선물과 갈고닦은 재능이 씨줄이 되고, 사랑하는 대상과 세상의 필요가 날줄이 되어 세상을 아름답게 엮었던 순간이라고.

영혼이라는 빵

네 안에 있는 것을 널리 내놓으면, 그것이 너를 구원하리니. 네
안에 있는 것을 나누지 않은 자는 그 때문에 파멸할 것이리라.
― 예수,《토마스 복음서》중에서

가끔 어떤 단어가 끈질기게 달라붙을 때가 있다. 그런 단어
는 피터 팬이 두고 간 그림자처럼 내 뒤꿈치에 착 붙어 머릿속
을 여기저기 휘젓는다. 자꾸 나를 따라와 기어이 단어에 숨은
메시지와 의미를 곱씹어보게 한다. 말하기 부끄럽지만, 오랫동
안 오른발에 달라붙어 있던 단어는 바로 라틴어 'educare'였다.
'educare'는 '교육'을 뜻하는 영어 단어 'education'의 어원으로
'안에 있는 것을 밖으로 끌어낸다'라는 의미다. 그리고 나는 잠재
력을 끌어내는 교육을 통해 삶의 목적을 이뤄나갈 수 있었다.

나의 왼발에 달라붙어 있던 단어는 바로 '은총'이었다. 나는

은총을 오랫동안 모른 척했는데, 내가 자란 지역에서 유대인은 은총을 생각조차 하지 않았기 때문이다. 은총이 마침내 나를 어디로 이끌었는지 설명하려면, 먼저 우리 할머니에 대해 말해야겠다. 할머니는 내게 걷는 법을 알려주셨는데, 신체 단련보다는 삶의 목적을 찾는 자세와 더욱 가까운 걷기였다. 할머니는 지혜의 길이라 불리는 나선형 길을 모든 사람이 걸어간다고 말했다. 첫 번째 걸음에 위험을 감수하고, 두 번째 걸음에 상황에 익숙해지고, 다시 위험을 감수하고 익숙해지는 식이다. 위험을 감수하는 길만 걸으면 우리는 외발뛰기를 하느라 상황에 적응하지 못한다. 반면에 익숙한 상황에서 다시 걷지 않으면, 영혼은 진흙에 빠져 결코 성장하지 못한다.

한쪽 걸음을 떼고 다른 쪽 발을 올리는 순간, 우리는 믿음을 갖고 도약한다. 그 순간, 우리의 내면 어딘가에 신을 받아들일 공간이 생긴다. 아마도 그곳이 은총이 깃드는 장소일 것이다.

부모님은 종교가 다소 막연하다고 생각해서 나를 독실하게 키우지 않았다. 덕분에 나는 신에 대해 마음껏 상상할 수 있었다. "영혼이 뭘까?" 같은 질문이 수두처럼 나를 간지럽히고, 부모님의 설명이 시원치 않았을 때는 할머니를 찾아갔다. 할머니는 이성의 틀을 넘어선 표현을 하곤 했다. 할머니가 세상을 대하는 태도는 합리적인 사람과 사뭇 달랐다. 할머니는 책벌레처럼 지식으로 무장한 학교 선생님과 전혀 달랐다. 할머니 머릿속엔 발견이 뛰노는 커다란 궁전이 있는 것 같았다.

나는 일곱 살 때 할머니에게 영혼이 뭔지 물었다. 어느 금요일 아침, '영혼이 뭘까?'라는 질문이 계속 나를 근질였기 때문이다. 나는 할머니의 아담한 부엌 안에 빨간 식탁보가 깔린 식탁에 앉아 있었고, 할머니는 안식일에 먹을 할라빵*을 만들던 중이었다. 할머니가 반죽을 새끼 모양으로 꼴 때, 나는 불쑥 영혼이 뭔지 물었다. 할머니는 대답하는 대신 창문 밖 빨랫줄 너머를 잠시 바라봤다. 마치 내가 볼 수 없는 신비로운 풍경을 찾는 것만 같았다. 마침내 할머니가 입을 열었다.

"어떤 사람들은 우리가 영혼에 죄를 안고 태어난다고 말하지. 하지만 내 생각은 달라."

할머니는 부풀어 오르는 반죽을 치대더니, 얇고 하얀 눈썹을 올리며 내게 눈을 맞췄다. 나는 할머니가 더 설명해주길 바랐다. 하지만 할머니는 고개를 살짝 내저으며 밀가루가 묻은 손가락으로 나를 가리켰다.

"네 몸 안에 나아가고 성장하고픈 영혼이 있다고 생각하고 며칠 지내보렴."

할머니는 눈을 반짝였고, 반죽 겉면에 양귀비씨를 듬뿍 뿌리며 말을 이었다.

---

* 유대인이 금요일과 토요일에 먹는 전통 빵이다.

"그러고 또 며칠 동안은 영혼 같은 건 없다고, 세상에도, 네 안에도 신비로움은 없다고 생각하고 살아보렴. 내주에 올 때 무엇을 발견했는지 말해줄래?"

나는 할머니 말대로 살기 시작했다. 영혼이 있다고 생각한 나날은 정말 편안했다. 마치 봄날 같았다. 공기는 달콤함을 머금었고, 하루하루가 아름다운 새소리와 일렁이는 햇살로 가득 찼다. 하지만 영혼 같은 건 없다고 여기며 며칠을 지낼 때는 헐벗고 말라가는 느낌을 받았다. 내가 부풀지 못한 반죽 같았다. 나는 할머니가 가르쳐준 영혼의 뜻을 깨달았다. 나는 지금까지도 영혼이란 씨앗을 잔뜩 뿌린 반죽이라고 생각한다. 반죽 혼자 부풀 수 없듯이 영혼에게도 은총이라는 이스트가 필요하다. 그리고 영혼이 세상의 신비 속으로 나아갈 때, 내면에 틈이 생기고 그 속에 은총이 깃든다.

학교에서 내가 25년 동안 받은 교육은 'educare'나 은총, 심지어 영혼과도 아무 상관이 없어 보였다. 오로지 빈 그릇을 채우는 식이었고, 학생을 빈 꽃병이라 여기며 꽃을 꽂으려 했다. 나는 교사 수업을 받으며 지시를 내리고, 이성적으로 생각하고, 심지어 실수를 실패인 듯 추적해 나가는 훈련을 했다. 더 많은 교육을 '받을수록', 나는 사람들이 왜 미치고 병들게 됐는지 알게 됐다. 하지만 내가 한 일 또한 사람들을 미치고 아프게 만드는 것이었다.

이런 교육은 내가 할머니에게 배운 방식과 정말 달랐다. 아기가 컵을 드는 과정을 보면 배움의 자연스러운 흐름을 느낄 수 있다. 먼저 아기는 손을 뻗고 이것저것 만진다. 그러다 오트밀을 집기도 하고, 더듬더듬하다 엄마 머리카락을 쥘 때도 있다. 그러다 다시 손을 뻗고 마침내 컵을 쥔다. 성공한 다음에도 오트밀을 한 움큼 쥐기도 한다. 하지만 몇 번 반복하다 보면 아기는 컵을 쥐는 방법을 끝내 터득한다. 자연스러운 배움의 과정은 바로 실패를 무시하고 성공을 추적하는 것이다.

나는 어떤 식으로든 갇혀 있는 사람에게 늘 마음이 쓰였다. 내면의 레이더나 자신이 가진 자원과 연결되지 않은 사람이 갇혀 살고 있다고 생각했기 때문이다. 그중에는 빈민 지역이나 이주민 합숙소에 사는 아이들이 많았다. 손안에 쥐었던 오트밀과 머리카락 때문에 실패자로 분류된 아이들도 있었다. 하지만 내가 따르던 교육은 나를 좌절로 이끌었다. 나는 실패를 계속 추적하기 시작했고, 다른 사람들처럼 포기하고 싶었다.

좌절의 길은 플로리다에 있는 한 이주민 합숙소에서 끝이 났다. 나는 이주민 합숙소의 학습 전문가로 채용되었는데, 그 말은 사실상 아이들 교육에서 손을 놓겠다는 뜻이었다. 내 사무실은 좁고 어두웠으며 관리인의 비품 창고로 쓰이고 있었다. 하지만 그곳에서 나는 제롬을 만났고, 그는 내가 가진 교육의 틀을 깨부쉈다. 제롬은 나보다 덩치가 두 배는 컸고, 고등학교에 가야 할

열다섯 살이었지만 아직 초등학교 5학년에 머물러 있었다. 학습 부진이 심각하고 다른 학생과 교육받을 수 없다는 평가까지 받았다. 제롬은 나를 보자마자 이렇게 말했다.

"내가 순순히 글을 배울 거라고 꿈도 꾸지 마."

그래, 나도 바보는 아니니까 척 보면 안다. 제롬의 주먹이 내 핸드백보다 큰데, 내가 얘한테 억지로 뭘 시킬 수나 있을까? 나는 그저 할머니에게서 배운 대로 제롬의 영혼 안에 은총이 깃들 공간을 찾았다.

알아봐주고 소중히 여기는 행동보다 더 복잡한 일은 정말 없지 않을까. 나는 제롬을 살피며 그가 멍청하거나 어리석지 않다는 사실을 알아차렸다. 제롬은 이주민 합숙소의 체스 챔피언이었다. 매우 영리하게 체스 경기를 이끌어 상대가 누구든 언제나 빛을 발했다. 체스판은 제롬의 재능이 꽃피는 장이었고, 내가 할 일은 명확했다. 나는 체스를 두는 법과 글을 읽는 법을 연결할 다리를 찾아야 했다.

제롬은 체스를 매우 좋아했고 도전 의식도 강했다. 그래서 나는 표지에 사진이 많고 제목이 금색으로 쓰인 《미국 흑인의 역사A History of Black America》라는 두꺼운 책을 책상 위에 놓고, 내기를 제안했다. 체스에서 내가 이기면 제롬은 이 책을 읽어야 했다. 하지만 제롬이 이기면 내가 이 책을 읽어주기로 했다. 자신을 진지하게 도우려는 걸 알았는지 제롬은 내기를 받아들였다. 그리고 신이 돕기라도 한 듯 내가 경기에서 이겼다. 태어나서 처음이자 마지막으로 체스에서 이긴 것이다. 나는 제롬에게 체스를 두듯이 글을 읽는 법을 가르쳤다. 제롬은 몸으로 글자를 접하고, 다시 눈으로 익히고, 마지막으로 침묵 속에서 글을 이해했다. 그는 몇 달 만에 '학습 부진이 심각한 문맹'에서 책을 읽지 않으면 입안에 가시가 돋는 빛나는 독자로 변신했다. 제롬 덕분에 나는 사람들이 정보를 처리하고 학습하는 방식이 매우 다양하며, 교육학 수업 때 배웠던 방법만이 정답이 아니라는 사실을 깨달았다. 제롬을 가르쳤던 경험은 나의 평생 과업을 지탱하는 단단한 뿌리가 됐다. 내가 '지적 다양성intellectual diversity'에 대해 35년 동안 연구하고 가르치고 저술할 수 있었던 건 그 경험 덕분이다.

그렇다고 제롬이 A를 받는 우등생이 됐다는 말은 아니다. 그는 아마 학교를 중퇴했을지도 모른다. 지금쯤 감옥에 있거나 죽었을지 모른다는 생각도 들지만, 제롬이 감방에 있든 천국에 있든 이거 하나는 장담할 수 있다. 제롬은 여전히 책을 읽고, 자신이 멍청하지 않다는 사실을 잘 알고 있을 것이다.

***

누구라도 제롬처럼 한계에 갇혀 있다면, 은총이 깃드는 공간과 결코 연결될 수 없다. 사실 우리가 한계에 집중하는 게 그다지 놀라운 일은 아니다. 우리는 학교에 다니면서 강점은 외면하고 단점만 보라고 교육받는다. 선생님은 우리가 시험에서 몇 개를 틀렸는지 꼼꼼히 표시할 뿐, 맞게 쓴 철자를 어떻게 아는지는 묻지 않았다. 그러다 보니 성인이 될 때쯤, 우리는 자신의 한계와 무능력에 통달한다. 마치 수족관에서 벽에 계속 머리를 박는 물고기 같다. 가볍게 휙 돌아서 물속을 우아하게 헤엄치면 되는데, 그 사실을 잊은 것 같다.

아리스토텔레스Aristotles(기원전 384~기원전 322)는 삶의 목적을 찾으려면, 자신의 재능과 세상의 필요가 교차하는 곳을 알면 된다고 말했다. 고대인들은 인간이 반드시 재능을 발견하고, 갈고 닦고, 마음껏 펼쳐야 한다는 점을 인식하고 있었다.

나는 기업가, 선생님, 주유소 직원 등 다양한 사람에게 자신의 장점을 말해달라고 묻곤 한다. 그러면 사람들은 대개 헛기침을 하고 적당하다 싶은 말을 더듬더듬 말한다.

"글쎄요, 저는 사람들이 최선을 다하도록 이끄는 일에 영 소질이 없지는 않을 거예요. 상황도 나쁘지 않고 잘 받쳐주기도 하고…. 리더십을 배울 곳이 있으면 낫긴 할 텐데, 어쨌든 늘 적극적으로 일하긴 하는데, 말처럼 쉽지는 않은 게 또…."

내가 개선할 점을 물었다면 어땠을까? 아마 일말의 망설임도 없이 또박또박 답했을 것이다. 왜 안 그러겠나? 매일 밤 "오늘은 회의를 잘 이끌지 못했어. 아, 재정 상황도 엉망진창인데. 좀 더 체계적으로 할걸…."이라고 한탄하며 자신의 결점을 곱씹고 또 곱씹는데.

우리 대부분은 성공 경험이 아닌 한계에 집중한다. 갇힌 기분을 느낄 때 우리는 잘한 일을 토대로 상황을 해결하는 대신, 자신을 탓하고 잘못을 고치려 한다. 이런 태도가 얼마나 비효율적인지는 활력의 변화만 봐도 안다. 오늘 잘 풀리지 않은 일에 집중하면, 활력은 사라지고 당신은 의기소침해질 것이다. 하지만 오늘 잘한 일에 집중하면 금세 기분이 풀리고 활력이 넘치지 않을까? 내가 신이라면 사람들이 목적에 따라 살 때 좋은 감정을 선물하고, 목적에서 멀어졌을 때는 공허함과 무력감을 느끼도록 했을 것 같다. 그래야 감정이 신호가 되어 자신을 돌아볼 수 있을 테니까.

내게 달라붙었던 'educare'와 '은총'은 내 삶의 목적을 알려주는 지표였다. 나는 'educare'를 고민하며, 우리 선물을 어떻게 세상에 드러낼지 생각했다. '은총'을 곱씹으며 사람이라는 거대한 토양에 어떻게 씨앗을 심고 살뜰히 돌볼지 고민했다.

지금 하늘에서 반짝이는 눈이 쏟아진다. 우리가 함께 있었다면 당신이 내게 무슨 이야기를 들려줬을지 궁금하다. 당신은 언제 뿌듯함을 느끼는가? 무슨 일을 할 때 자신이 자랑스럽고 진가를 발휘한다고 생각하는가? 당신이 들려주는 이야기가 어떤 가치를 드러낼지 궁금하다. 당신은 무엇을 가장 중요하게 여기나?

우리가 무엇을 사랑하든 그것을 세상과 나누기를, 사랑하는 것을 널리 알리는 홍보대사가 되기를 마음을 다해 기도한다.

여태 치유하지 못한 상처는 뭘까? 삶의 목적을 찾을 수 있는 명확한 지점은 타고난 재능, 가치, 성공 경험이다. 하지만 삶의 목적에 형태와 질감을 줘서 뚜렷한 윤곽을 잡아주는 것은 우리가 실패와 상처라고 분류한 경험이다. 우리는 아픔이라는 틈에서 자신을 믿고 세상에 기여하는 방법을 배울 수 있다.

흉터는 가장 강한 조직

어떤 고통을 받았고, 어떤 기쁨을 누렸고, 어떻게 승리했는가 하는 이야기는 전혀 신선하지 않다. 어디서 한 번쯤 들어보지 않았나? 사실 우리가 해야 할 이야기는 따로 있다. 우리를 덮친 어둠에서 어떻게 빛을 발견했는지, 그걸 말해야 한다.
— 제임스 볼드윈, 《소니의 블루스Sonny's Blues》 중에서

이디시어Yiddish에는 바보를 뜻하는 단어가 수없이 많다. 하지만 반대를 뜻하는 단어는 딱 하나다. 바로 '멘치mensch'다. 멘치는 마음에서 우러나오는 대로 살며 중요한 진실도 전혀 어렵거나 심각하지 않게 전달하는 사람을 말한다. 나는 1993년 어느 토요일, 멘치를 실제로 만났다. 앤디와 함께 로드아일랜드주 리틀 컴튼에서 연수 프로그램을 진행하던 날이었다. 나뿐만 아니라 그날 모인 사람들 모두 페리스가 멘치라는 사실을 알았을 것

이다.

우리는 연수 프로그램을, 공동체를 위한 헌신 모임이라고 불렀다. 참여한 모든 사람이 모임의 지지가 없었다면 하지 못했을 일을 1년 동안 실행하며 사회를 위해 헌신하기로 약속했기 때문이다.

모임을 하는 방 창문이 서쪽으로 나 있었다. 창밖으로 대서양이 훤히 내려다보였다. 사람들은 차례차례 자신의 사연을 말했다. 페리스 차례가 되자, 그녀는 허리를 쭉 펴고 손가락으로 입술을 한번 훑더니 울리는 목소리로 말했다.

"저희 부모님은 크로아티아인이에요. 친척들은 세르비아인이고요. 그래서 유고슬라비아 내전*이 일어났을 때 마음이 갈기갈기 찢기는 것 같았어요. 유고슬라비아에 있는 사람들에게 최대한 많이 다가가야 한다고 생각했죠. 그러기 위해서는 이 모임의 지지가 필요했어요."

페리스의 눈이 글썽였다. 두 눈에서 모든 여린 존재를 향한 페리스의 연민을 느꼈다. 페리스는 셔츠 깃을 세우고 입술을 씰룩거리더니 이렇게 말했다.

"실례가 안 된다면 진짜 속마음을 털어놔도 될까요?"

우리는 흔쾌히 그러라고 답했다. 그러자 페리스는 영어, 세

---

* 1991년 구(舊) 유고슬라비아 연방 재편 과정에서 세르비아계와 타민족 간에 벌어진 전쟁이다.

르비아어, 크로아티아어로 전쟁을 일으킨 놈들을 향해 걸쭉한 욕설을 내뱉었다. 그녀의 시원한 욕설과 함께 모임은 마무리됐다.

그날 저녁, 나는 복도에 있는 공중전화 옆에 앉아 집에서 전화가 오길 기다리고 있었다. 옆에 있는 작은 마호가니 책상에 〈타임〉 한 부가 놓여 있었다. 스카프로 머리를 두른 여성들의 불안한 눈빛이 표지를 가득 채웠다. 사진 아래 '구 유고슬라비아 난민수용소 성폭행 사건'이라는 글이 쓰여 있었다. 나는 재빨리 잡지를 뒤집었다. 그러자 뒷면에 실린 담배 광고만 보였다. 그때 전화가 울렸고 나는 10분 정도 데이비드와 통화했다. 강아지는 잘 있는지, 집에 별일은 없는지, 숙제는 했는지 물었다. 나는 데이비드에게 입맞춤을 하고 전화를 끊었다. 그리고 잠시 멍하게 서 있었다. 나는 잡지를 서랍에 넣고 꽉 닫은 후, 아무 일도 없었다는 듯이 방으로 돌아왔다.

하지만 그날 밤 나는 편히 잘 수 없었다. 잠에 빠질수록 정신은 자꾸 또렷해졌다. 복도에 있던 책상이 자꾸 떠올랐다. 나는 어쩔 수 없이 아래층으로 내려가 잡지를 들고 방으로 돌아왔다. 나는 이불을 어깨에 두르고 적어도 여섯 번 정도 숨을 깊게 들이마셨다. 그리고 아무렇지 않게 무시했던 표지를 쳐다봤다. 들여다보고 샅샅이 훑어보고 하나하나 뜯어봤다. 그러자 내가 마치 진흙 속에 가라앉은 돌이 된 것 같았다. 나는 부드럽게 물었다.

"왜 보기 싫었던 거야? 뭘 보고 싶지 않았어?"

그러자 오래전 그 순간이 바로 떠올랐다. 온몸과 심장 구석구석을 누가 쥐어짜는 듯했다. 열다섯 살, 피를 철철 흘린 채 성폭행당하던 그때가 기억났다. 나는 고개를 세차게 흔들고 큰소리로 외쳤다.

"더는 아냐. 모두 끝난 일이야. 나는 극복했고 이제 안전하다고!"

그렇다. 벌써 30년도 더 된 일이고 모두 끝난 일이다. 나는 성폭행 트라우마 치료를 위해 갖가지 처방을 받았다. 사건에 대해 말했고, 글을 썼고, 뼛속 깊이 치유했다. 하지만 내 몸을 찢은 폭력적인 기억은 커다란 구멍을 남겼고, 그 속으로 축축한 바람이 평생 불어오는 듯했다. 왜 그때 기억이 다시 생생해진 걸까? 내가 깨달아야 할 메시지가 대체 뭘까?

몸이 덜덜 떨렸지만, 나는 질문이 내 안을 떠다니게 뒀다. 마음이 조금씩 열리고 호기심이 생겼다. 그러자 한순간, 왜 이런 일이 일어났는지 깨달았다. 표지에 실린 여성들 얼굴을 본 순간, 나 역시 성폭행에 책임이 있다는 사실을 느낀 것이다. 나는 누구에게도 나를 성폭행한 남자 이름을 말하지 않았다. 사람들에게 비난받을까 봐, 혹시 그가 보복이라도 할까 봐 두려웠다. 그가 다시 성폭행을 저지를 거라는 사실을 알았지만 말하지 못했다. 나 역시 저들에게 일어난 범죄에 책임이 있었다.

"내 책임이야…"

나는 중얼거렸다.

"말하지 않은 내 책임. 침묵을 깨지 않은 내 탓이야."

나는 숨결에 집중하며 마음을 다잡았다. 숨이 들어가고 나오는 곳으로 모든 신경을 돌렸다. 나는 과거를 흘려보내고 생명력을 되찾는 위대한 지혜 속으로 점점 빠져들었다. 그리고 가슴에 손을 올리며 나를 향한 깊은 연민을 느꼈다.

"나는 극복했어. 힘든 시간을 잘 이겨냈어. 나는 망가지지 않았어. 다만 아직 치유되지 못했을 뿐이야."

뻣뻣했던 심장 주변이 풀리는 게 느껴졌다. 열다섯의 나, 지금의 나, 난민수용소 여성들, 나를 성폭행한 남자에게 강간당한 여성들이 훨훨 떠나가는 것 같았다. 나는 그저 엉엉 울었다. 영혼이 스스로 아픔을 씻어내고 있었다. 창밖에서 파도가 부서지는 소리가 들렸다. 파도는 거칠게 부서져 부드러운 바다가 됐고, 이윽고 편안히 흘렀다. 어느새 내 숨결도 차분해졌다. 이쯤이면 충분하다는 생각이 들었다.

이튿날 아침 일찍, 나는 〈타임〉을 들고 모임에 참석했다. 그리고 난민수용소의 성폭행 피해자를 돕는 일이라면 뭐든지 하겠다는 다짐을 발표했다. 나는 페리스를 바라봤다. 몸이 자꾸만 떨려서, 떨림이 가라앉을 때까지 잠시 기다렸다. 그리고 마침내 이렇게 말했다.

"페리스, 제가 그들을 돕는 일을 좀 도와줄래요?"

페리스는 고개를 끄덕였고 내 옆자리로 왔다. 그녀는 내 손을 잡고 두 단어를 속삭였다.

"세스트레 내쉬sestre nashe."

세르비아 말로 '우리 자매'라는 뜻이었다. 그 순간, 너른 바다가 잠시나마 붉게 반짝였다. 우리가 진정한 열정과 목적 안에 있었기 때문일까. 나중에 페리스는 '세스트레 내쉬'라는 짧지만 잊히지 않는 노래도 만들었다. 페리스는 세스트레 내쉬가 크로아티아어든 세르비아어든 모두 똑같은 뜻이라고 말했다.

"우리 자매여, 우리 자매여. 당신의 고통을 알아요. 우리는 당신을 마음에 품어요."

훗날 페리스는 많은 사람의 도움을 받아 '월드 리치World Reach'라는 구호단체를 만들었다. 페리스가 고른 로고는 손바닥이 나선형으로 뻗은 모습이었다. 나선형을 보니 우리 사회가 떠올랐다. 우리는 모두 누군가 도움 덕분에 지금의 자리에 올 수 있었다. 그러니 우리는 서로 지지하고 도와야 한다. 내가 겪은 상처가 또 다른 이를 위한 출구가 되도록 목적에 맞게 살아야 한다.

***

나는 은총이 깃들 장소를 발견하려고 사람들에게 여러 질문을 한다. 그중 가장 좋아하는 건 '애틋한 흉터'에 대한 질문이다.

처음에 흉터에 대해 물을 때만 해도, 이 방법이 왜 효과가 좋은지 이해하지 못했다. 하지만 거의 모든 사람이 환히 웃으며 상처에 얽힌 이야기를 했고, 부드럽게 흉터를 어루만졌다. 내게도 오래된 흉터가 있다. 다섯 살 때 스튜이 스틸먼이 자전거 손잡이 위에 나를 올려놓고 달리다가, 바큇살이 하나 나가는 바람에 내 다리에 구멍이 뚫렸다. 피가 줄줄 흐르는 모습을 엄마가 보고 비명을 지르기 전까지 나는 다친 줄도 모르고 신나게 자전거를 탔다. 나는 흉터에 대해 털어놓으며 왜 사람들이 환히 웃었는지 마침내 깨달았다. 흉터는 깊은 상처의 결과지만, 몸에서 가장 강한 조직으로 형성된다. 흉터는 우리가 얼마나 강한지 보여주는 상징인 셈이다.

나는 사람들에게 흉터에서 어떤 교훈이나 메시지를 얻었는지도 묻는다. 사람들은 종종 흉터가 전환점이 됐다고 말했다. 흉터 덕분에 삶을 향해 나아간 사람도 있었지만, 흉터 때문에 삶을 외면하게 된 사람도 있었다. 우리는 과거의 상처를 어떻게 바라봐야 할까?

부모님은 언니와 나를 오랫동안 여름 캠프에 보냈다. 언니는 여름 캠프를 좋아했지만, 나는 말했다시피 여름 캠프를 정말 싫어했다. 하지만 딱 한 가지, 정말 싫은 여름 캠프에서도 내가 좋아하는 순간이 있었다. 바로 일요일 아침마다 의상을 차려입고 구약성서에 나오는 장면을 연기하는 시간이었다. 처음으로 요셉

역을 맡아 화려한 의상을 차려입은 날, 나는 드디어 제자리를 찾은 듯한 느낌까지 받았다. 내가 좋아하는 부분은 은화 20냥을 받고 요셉을 노예로 팔아버린 질투심 많은 형들이, 파라오의 궁정에서 요셉에게 무릎 꿇고 용서를 비는 장면이었다. 형들의 모습이 마치 우리 언니처럼 보였다. 언니는 까딱하면 나를 입양 보내겠다고 협박했는데, 연극에서나마 굽실대는 모습을 보니 고소했다. 하지만 내가 가장 기다리는 부분은 따로 있었다. 바로 언니 머리에 손을 얹고 우렁찬 목소리로 선언하는 장면이다.

"두려워하지 말아라. 네가 나를 해하려 했지만, 하느님께서 해로움을 선으로 바꾸셨나니!"

인생에서 크게 상처 입은 순간, 신이 당신을 찾고 오래 간직해온 꿈이 피어난다면 어떨까? 상처 덕분에 신을 알게 되고 꿈에 다가갈 수 있다면? 그래서 삶의 목적을 이룰 수 있다면 어떨까? 인간은 언제나 완성을 향해 나아간다. 끝맺음을 못 하고 남겨두는 것처럼 인간을 안달하게 만드는 일도 없다. 예를 들어 원을 그리다 만 종이가 옆에 있으면 어떨까? 〈징글벨〉 캐럴이 "징글벨, 징글벨, 징글 얼."까지만 울리고 뚝 끊기면? 가려워 죽겠는데 손이 닿지 않아서 긁지 못한다면? 목적이라는 건 원을 마저 그리고, 징글벨을 끝까지 부르고, 가려운 곳을 긁게 만드는 궁극적 동력이다.

오로지 나만을 위한 목적은 가지를 뻗지 못한다. 오로지 세상을 위한 목적도 뿌리를 내리지 못한다. 우리는 나의 필요에 뿌리를 내리고, 세상을 향해 가지를 뻗어야 한다. 어쩌면 나의 필요가 좌절되는 상황 안에 재능을 펼칠 가능성이 깃들어 있을지 모른다. 나는 신이 절묘한 유머 감각을 가졌다고 생각한다. 내게 닥친 최악의 상황이 내면의 최선을 끌어내고, 덕분에 공동체에 기여하는 점은 정말 절묘하다.

언젠가 앤디가 사람들에게 이렇게 물어보라고 말한 적이 있다.

"상처 입은 삶 속에서 당신이 사랑하는 게 뭔가요?"

나는 만취한 십 대 운전자 때문에 연주하지 못할 만큼 팔을 다친 첼로 연주자에게 이 질문을 던졌다. 그녀는 잠시 침묵하더니 답했다.

"살아 있다는 것, 더 많이 배울 수 있다는 것, 그리고 다른 사람을 가르칠 수 있다는 사실이 정말 좋아요."

그녀는 슬픔 덕분에 상담학 학위를 따고 음주 운전으로 체포된 청년을 위해 일할 수 있었다. 어린 시절, 불행과 잔인함을 겪었던 아일랜드 출신 음악가는 자신이 살던 빈민가에 뜻밖의 선행을 실천하는 RAOK(Random Acts of Kindness)이라는 봉사단체를 만들었다. 모두 상처에서 벗어나 타인을 구원하려는 마음에서 비롯된 행동이었다.

상처가 목적으로 향하는 영원한 길이 될 필요는 없다. 쓰레기가 퇴비가 되듯 상처가 연민으로 자라난다면 그것도 괜찮다.

이 책을 읽고 있는 당신이 이번 장을 읽고 어떤 기억을 떠올릴지 궁금하다. 당신의 상처가 당신을 삶의 목적으로 이끌 수 있을까? 당신의 상처를 치유하면서 아픔을 겪은 세상도 치유할 수 있을까?

우리의 모든 상처와 깨져버린 꿈이 치유되기를, 우리 영혼이 수치심에서 벗어나 치유의 신비함을 바라보기를, 잠들었던 정신이 깨어나 생생히 호흡하기를 마음을 다해 기도한다.

아직 배우지 못한 게 뭘까? 우리는 살아가면서 자신을 명사로 정의하는 일에 익숙하다. 폐쇄적이고, 배타적이고, 작고, 비좁은 단위가 나를 표현하는 전부가 된다. 예술가, 친구, 또는 엄마라는 단어에 나를 가둔다. 마치 캔버스 코앞에서 점묘화를 그리듯 아주 작은 보라색 점을 신중히 찍는 것 같다. 뚫어지게 점만 보느라 뒤로 물러나 그림 전체를 보는 법은 잊은 걸까? 멀리서 바라봐야 우리 삶이 그리는 전체 패턴을 알 수 있다. '창조하다', '엄마가 되어가다'처럼 동사를 생각해야 우리가 나아갈 방향을 알 수 있다.

길이 닫히면 문이 열린다

"나는 이제 힘이 없어. 내가 지쳐 널브러질 때 사람들은 생기 있게 서 있겠지. 내가 만든 계단을 밟고 올라갈 거야. 계단을 만든 사람의 이름 따위는 전혀 모르겠지. 투박한 계단을 보고 웃을지도 몰라. 돌이라도 굴러떨어지면 내게 온갖 저주를 퍼붓겠지. 하지만 그들은 내가 만든 작품 위에 서서 나의 계단을 하나하나 오를 거다."

— 올리브 슈라이너Olive Shreiner(1855~1920) [*], 《어느 아프리카 농장 이야기 The Story of an African Farm》 중에서

내 머릿속에 있는 이야기는 대부분 리본처럼 펼쳐져 하나의 사건이 다른 사건으로 매끄럽게 이어지지만, 지금 말할 이야기는 그렇지 않다. 이 기억은 한 점 때도 묻지 않은 채 머릿속 한구

---

[*] 남아프리카공화국의 소설가이며 《여성과 노동Woman and Labour》을 집필해 여성해방운동을 이끌었다.

석에 접혀 있었다.

20년 전, 나는 힘든 일을 겪었다. 13년 동안 애간장을 태우며 애지중지 기른 외아들을 독일에 있는 기숙학교에 6개월 동안 보내게 된 거다. 지금 생각해보면 왜 그렇게 난리였나 싶지만 그때는 충격이 상당했다. 실제 일어난 일과 일어날 수도 있던 일을 떠올리다 보면 미궁에 빠지는 느낌마저 들었다. 그만큼 나는 불안에 떨고 있었다.

그때를 생각하면 가장 먼저 거대하고 오래된 노란색 성이 떠오른다. 나는 검은색 렌터카 운전대를 잡은 채, 성과 연결된 원형 진입로에 오래도록 서 있었다. 와이퍼가 앞 유리에 맺힌 굵은 빗방울을 왔다 갔다 하며 닦아냈다.

나는 백미러를 힐끗 바라봤다. 떠나온 에링겔트성이 점점 작게 보였다. 뒤에 남겨둔 데이비드 역시 이윽고 사라졌다. 그럼 내 앞에는 뭐가 있지? 아우토반 도로와 프랑크푸르트, 유럽, 그리고 자유가 있다. 하지만 데이비드는 해자를 두른 괴이한 노란색 성에서 영어를 모르는 천 명의 아이와 함께 있다. 소중한 우리 아기가 뒤에 남다니.

'데이비드는 아기가 아니야.'

마음속 또 다른 내가 말을 시작했다.

'이 학교에 다니길 원하는 사춘기 소년이지. 데이비드가 직접 결정한 일이야. 데이비드에게도 자기 삶이 있고 자기 생각이

란 게 있어.'

웃기는 소리! 데이비드는 아직 스스로 생각하지 못해. 데이비드는 내 몸에서 자라난, 내가 보호하고 돌봐야 하는 작고 어린 존재야. 나는 데이비드가 무슨 생각을 하고 뭘 필요로 하는지 다 안다고!

'그래? 그럼 독일로 유학 갈 준비를 하는 건 왜 몰랐어? 데이비드는 네 것이 아니야. 너도 알다시피 너를 통해 세상에 나온 거지 너를 위해 온 게 아니라고. 게다가 클라우스너 부인의 눈동자가 깊고 친절해 보였잖아. 데이비드를 자기 아들처럼 돌봐준다고 약속도 했고. 또 데이비드의 가장 친한 친구 두 명도 같이 갔으니까. 마커트 씨가 영어를 할 줄 알고 아이들도 보살펴주겠다고 약속했잖아. 천 명의 아이가 이 학교에 다니는데, 모두 볼이 발그레하고 활기차 보였어. 데이비드도 괜찮을 거야. 아 참, 데이비드가 위너슈니첼Wienerschnitzel* 핫도그를 제일 좋아하잖아. 독일에서 소시지도 잔뜩 먹고 얼마나 좋겠어.'

그건 '네 생각'이고. 나는 또 다른 나에게 차갑게 답했다. 이 학교에서 '유일하게' 영어를 할 줄 아는 마커트 씨는 위스콘신주 매디슨을 5년 전에 떠났다나? 진보 성향 공산주의자들이 넘쳐난다는 말도 안 되는 이유 때문이랬지? 가슴은 쑥 들어가고 뱃살

---

* 캘리포니아에 본사를 둔 세계에서 가장 큰 핫도그 체인점이다.

은 축 늘어져, 서른인데도 육십으로 보이더라. 그런데 이대팔 가르마가 오른쪽으로 치우친 것도 모자라 사상까지 지독한 우파야? 혁명가 엠마 골드만의 조카딸이 그런 극우주의자한테 하나밖에 없는 아들을 맡기다니! 게다가 애들도 엄청 드세고 괄괄해 보이던데? 데이비드가 "그만해, 아파!"라고 말해도 못 알아들으면? 걔네 조부모 중 수용소에서 우리 조상을 죽인 나치가 몇 명이나 될 것 같아? 데이비드보다 덩치 큰 거 봤지? 심지어 열 살짜리도 크더라. 어젯밤에 기회가 있었는데 왜 탈출하지 못하게 막은 거야?

앞 유리 와이퍼를 따라 내 마음도 자꾸 왔다 갔다 흔들렸다.

'드디어 자유로워진 거야. 너 자신을 따라서 너만의 리듬을 찾고 하루를 살고 달력을 채워나갈 자유가 생긴 거야.'

아니야, 그렇지 않아. 데이비드, 하나밖에 없는 내 아들 어쩌지? 내가 지금 해자를 두른 낯선 장소에 데이비드를 두고 대체 뭐 하는 거야? 클라우스너 부인에게 데이비드가 달걀 알레르기가 있다고 말했나?

'원할 때 원하는 걸 할 자유, 너의 한계를 스스로 정할 자유, 일에서 경력을 쌓고, 집에서 고요히 머물고, 훌쩍 여행을 떠나고, 엄마가 아닌 여자로 존재할 자유가 너에게 생긴 거야.'

다시 백미러를 바라보니 노란색 성이 장난감처럼 작게 보였다. 앞 유리 와이퍼가 오른쪽에서 왼쪽으로 툭 방향을 틀었다. 나는 가장 좋아하는 빅터 프랭클의 말을 중얼거리며 마음을 가라 앉혔다.

"우리가 어떤 모습일지 결정하는 건 삶에 닥친 사건이 아니다. 우리가 사건에 직접 부여하는 의미다."

빅터 프랭클의 말을 떠올리니 어떤 의미를 부여할지는 내 선택이라는 생각이 들었다. 나에게 어떤 이야기를 들려줘야 할까? 오래되고 익숙한 틀로 이끄는 이야기? 아니면 새로운 가능성으로 인도하는 이야기?

그러자 일그러진 뺨을 따라 눈물이 쏟아졌다.

'무려 13년 만에 네 삶의 목적을 추구할 자유를 얻게 된 거야. 데이비드라는 중력장이 없을 때 너의 인생이 어떤 궤도를 그리는지 발견할 시간이야. 13년 동안 데이비드가 네 존재의 중심이었잖아. 뭐든 견뎌내고 늘 정신 차리고 살게 하는 단 하나의 이유였지. 모든 결정은 데이비드에게 좋을지, 해가 될지를 생각해서 내렸잖아. 인생의 달력도 온통 데이비드가 중심이었어. '1970년? 그때는 데이비드가 네 살 때잖아. 데이비드랑 세계 일주할 준비를 하고 있었어.' 이렇게 매해를 기억했잖아.

6개월 동안 블랙홀 속으로 들어갈 수 있겠어? 네 삶의 테두리를 살펴보고 너만의 목소리에 귀 기울일 수 있겠어? 너를 가로막는 건 이제 없어. 원하는 곳을 가고, 먹고 싶은 음식을 먹고, 하고 싶은 일을 하고, 아이가 없는 친구들처럼 행동할 수 있는

거야!'

하지만 무슨 짓을 해도 마음이 허전했다. 사실, 어떤 행동에
미쳐 있지 않을 때는 그저 무기력하기만 했다. 세상에 바셀린을
덧칠한 것처럼 모든 게 흑백 영화를 보듯이 뿌옇고 흐렸다. 이제
이것저것 하고 싶은 일도 없어서 차라리 다행일까? 나는 무엇에
도 마음이 동하지 않았다. 그냥 자꾸만 가라앉았다.

친구들에게 전화하면 좀 나으려나? 이제 원할 때 언제든지
전화로 수다 떨 수 있었다. 전화기만 들면 몇 시간은 훌쩍 지날
텐데. 이런저런 생각이 머릿속을 스쳤지만, 나는 쉽사리 전화기
를 들 수 없었다. 그냥 모든 게 무력했다. 하지만 일요일 밤은 달
랐다. 나는 친구들과 고객들에게 일요일 밤에는 전화하지 말아
달라고 신신당부했다. 일요일 밤은 데이비드가 전화를 하는 날
이었다.

데이비드와 통화할 때 나는 안절부절못했다. 깨끗하고 솜이
빵빵한 소파를 꾹꾹 누르거나, 청소한 지 얼마 안 된 진홍색 카
펫 위를 왔다 갔다 걸어 다녔다. 나선형 전화선을 손가락으로 배
배 꼬기도 했다. 나는 데이비드를 돌아오게 할 획기적인 질문을
던지고 싶었지만, 어떤 질문을 해야 할지 전혀 감을 잡을 수 없
었다.

일요일마다 데이비드는 축구 얘기를 꺼냈고 독일엔 위너슈
니첼이 없어서 아쉽다고 말했다. 그렇게 한 달 후, 데이비드는 친

구 마이크가 집으로 돌아가기로 했다는 말을 전했다. 마이크가 향수병에 걸려 독일 생활을 잘 견디지 못했기 때문이었다. 나는 데이비드도 친구와 함께 돌아가기로 했다는 마법 같은 말을 기다렸다. 하지만 데이비드는 다시 축구 얘기를 늘어놓더니, 영어와 수학 과목에서 어떻게 A를 받았는지 말했다. 다른 과목은 진도조차 파악하지 못했기 때문에 성적을 받을 수 없다는 말도 덧붙였다. 나는 손가락으로 전화선을 배배 꼬다 못해 피가 통하지 않을 지경이 돼서야 겨우 물었다.

"데이비드, 너는 어떠니? 너도 집에 오고 싶지 않니?"

데이비드는 잠시 멈칫하더니, 열세 살짜리 소년이 낼 수 있는 가장 늠름한 목소리로 대답했다.

"아니요, 엄마. 클라우스너 아주머니가 입술을 꽉 깨물고 울지 말라고 말했어요. 전 괜찮아요. 잘해낼 수 있어요."

순간적으로, 클라우스너 부인이 데이비드 손톱 밑에 전기 충격기라도 꽂은 게 아닌가 하는 황당한 생각이 들었다.

"데이비드, 입술을 꽉 깨물며 참을 필요 없어. 집에 돌아온다고 해서 네가 애송이가 되거나 실패하는 게 아니야. 너는 한 달 동안 해냈잖아. 집에 와도 돼."

전화선은 꼬일 대로 꼬여 언뜻 보면 복잡한 매듭 공예 작품 같았다. 나는 최대한 목소리를 낮추고 저 멀리 대서양 전체를 가로질러 속삭였다.

"혹시 집에 오고 싶은데, 클라우스너 부인이 옆에 있어서 그런 거라면 헛기침을 해줘."

헛기침은 없었다.

"엄마, 이제 끊어야 해요. 덩치 큰 애가 전화를 쓰려고 기다리거든요. 사랑해요."

나는 어떤 말도 할 수 없었다. 데이비드를 낳기 전 라마즈 분만 수업에서 배운 호흡법을 하는 수밖에.

덩치 큰 애라니 대체 누굴 말하는 거야? 그 애가 데이비드의 목을 잡아서 기침을 못 하게 한 걸까? 전화가 끊기자 엉뚱한 생각이 꼬리에 꼬리를 물었다.

그날 밤 나는 놀라운 꿈을 꿨다. 어떤 이미지도 줄거리도 없이, 그저 단어만 나타나는 꿈이었다. 나는 한밤중에 일어나 꿈에서 본 단어들을 침대 옆에 놓인 노트에 휘갈겼다. 그러자 알 듯 말 듯 한 문장이 세 개 나타났다. '무엇을 선언하나?', '한계 없이 접근하다.', '다시 움켜쥐고 숲속을 거쳐 가져와라.' 나는 문장을 들여다보며 꿈이 보내는 메시지를 고민했다. 이튿날 아침, 전날 밤에 느꼈던 무력감이 여전히 내 몸을 휘감았다. 하지만 전에 느끼던 숨 막힐 듯한 무력감은 아니었다. 무력감 속에서 숨 쉴 구멍을 느꼈다. 나는 샤워를 하면서 꿈에서 본 단어를 계속 생각했다. 호수 주변을 산책할 때도 단어를 떠올렸는데, 마치 단어들이 발걸음에 맞춰 귓전을 울리는 것 같았다. 그러자 산책길에서 놀라운 경험을 했다. 머리 위를 맴도는 갈매기와 발밑에서 자그락거리는 자갈이 눈에 띄었고, 바람에 날아든 삼나무 향기를 흠뻑 맡을 수 있었다. 나는 잠시 멈춰 서서 모든 순간을 소중히 음미했다. 데이비드가 떠난 후, 나는 뭘 알아차리거나 소중히 여기지 못했다. 물론 지금도 엄청난 무력감을 느꼈지만, 공허한 무력감이 아닌 밖으로 열린 무력감이었다.

나는 집으로 돌아와 꿈에서 본 문장들을 끼적였다. 직업을 뜻하는 'profession'을 가장 먼저 적었다. 'profession'은 'profess'와 'in'으로 이루어진 게 아닐까? 나는 벌떡 일어나 책상 위에 놓인 거대한 옥스퍼드 사전을 펼쳤다. 동사형 'profess'를 살펴보니 '자신의 믿음을 공개적으로 선언하거나 공표하다'라는 의미였다. 나는 단어 뜻을 곱씹으며 맹렬히 노트에 질문을 적었다.

"어떤 믿음을 선언하고 공표하냐고? 이건 직업에 대한 질문이 아니야. 내가 무슨 일을 하든, 뭘 믿는다고 선언할지 묻고 있잖아."

믿음에 대해 곱씹자 갑자기 에너지가 끓어올랐고 손이 저절로 움직였다. 나는 꿈에서 본 두 번째 문장을 써내려갔다.

"한계 없이 접근한다는 건 무슨 뜻일까? 나는 모든 인간의 영혼에 공동체를 위해 발현해야 할 고유한 재능, 특별한 씨앗이 있다고 생각해. 당연히 사람들은 어떤 한계도 없이 자신의 재능에 접근할 수 있어야 하지. 나는 사람들이 사회에 가져오는 가치가 저마다 고유하다고 생각해. 바로 이게 내가 선언하는 믿음이야. 내가 목소리를 높이고 에너지를 쏟아 이런 믿음을 널리 공표한다면, 내 삶은 하루하루 의미 있을 거야. 그렇지 않다면 삶을 낭비하는 것이겠지."

나는 잠시 멈춰, 차를 한 모금 홀짝였다. 그리고 다시 펜을 들었다. 이제 세 번째 문장을 쓸 차례였다.

"다시 움켜쥐고 숲속을 거쳐 가져오라고? 어쩌면 이 말은 우리에게 주어진 것을 찾고, 수많은 'would'*를 거쳐 미래에 펼치라는 뜻 아닐까? 나는 정말 중요한 일에 집중할 거고, 과거에서 비롯된 한계를 뛰어넘도록 만드는 이야기를 쓸 거고, 사람들의 관심을 약점에서 강점으로 돌려 자신이 잘하는 일에 집중하게 할 거야."

글을 쓰는 내내 몸을 관통하는 에너지를 강렬하게 느낀 까닭에, 나는 잠시 펜을 내려놓고 쉬는 일을 반복했다.

"이런 다짐을 어떻게 실천할 수 있을까? 어떻게 나의 자질을 다시 움켜쥘 수 있을까? 한계 없이 나의 자원에 접근하려면 뭐가 필요할까?"

질문을 다 써내려가자, 펜이 절로 커다랗고 굵은 글씨로 대답을 휘갈겼다.

---

* 숲을 뜻하는 'wood'와 미래의 가능성을 표현하는 'would'의 발음이 유사해 숲이라는 단어에서 미래를 떠올렸다.

"내가 중요하다는 믿음, 나만의 즐거움을 만들어내는 능력, '내게 정말 중요한 게 뭘까? 중요한 가치를 위해 목소리를 내려면 뭐가 필요할까?'라고 스스로 물을 수 있는 자세."

나는 빨간색 마커를 움켜쥐고 이렇게 적었다.

"목적에 따라 즐겁게 살기 위해 내가 어떤 자원을 가졌는지 묻기!!!!!!"

어디에선가 작가는 평생 느낌표를 딱 여섯 번만 써야 한다는 글을 읽었다. 하지만 나는 그날 아침 느낌표 여섯 개를 다 써버렸다. 마치 세상에 존재하는 모든 느낌표에 '한계 없이 접근'한 것 같았다.

그날 이후 나는 매일 아침 이 글을 읽고 단어를 하나하나 음미했다. 글 전체를 어떻게 내 삶에 드러낼 수 있을지 고민했다. 나는 타고난 재능, 자질, 내가 가진 자원을 낱낱이 적었다. 잠들기 전에는 어떻게 단점을 고칠지 고민하는 대신, 재능을 발견하고 살리는 방법을 생각했다.

6개월 후 마침내 데이비드가 돌아왔다. 나는 데이비드의 깡마른 어깨를 꼭 껴안고, 심장박동을 느끼고, 속눈썹에 입을 맞췄다. 뭔가 본질적인 부분이 바뀐 것 같은 기분이 들었다. 데이비드는 예전처럼 내게 달라붙지 않았다. 나를 녹이던 귀여운 행동도 더는 하지 않았다. 나 역시 많이 바뀌었다. 데이비드와 얽혀 있던 내 안의 덩굴이 느슨해진 것 같았다. 데이비드는 높은 냉장고 문을 쉽게 열더니 커다란 볼에 우유와 시리얼을 가득 부었다. 그리고 골든레트리버 밤비에게 독일어로 말을 걸었다. 나는 데이비드에게 집에 온 소감을 물었다. 데이비드가 예전처럼 재잘재잘 말해주길 바라는 마음도 있었다.

데이비드는 나를 쓱 보더니 어깨를 으쓱하고는 손가락 관절을 우둑 꺾었다. 그리고 시리얼을 우물거리며 말했다.

"좋아요."

***

'길이 닫히고' 삶의 한 단계가 마무리될 때, 우리는 교차로에 서서 다음 단계로 넘어가는 문턱을 맞닥뜨린다. 인간은 본질적으로 창의적인 존재이기 때문에 심지어 우뇌가 없다고 확신하는 사람일지라도 문턱을 만난 순간, 여러 이야기를 만들어내고 덧붙인다. 룸펠슈틸츠헨Rumpelstiltskin*이 지푸라기를 닥치는 대로 가져가듯, 조각난 사실을 자기 식대로 꿰어맞추듯이.

대개 우리는 이야기를 덧붙인다는 사실조차 인식하지 못한다. 하지만 우리가 만든 이야기는 상황을 바라보고 생각하고 이해하는 전적인 틀을 제공한다. 단 몇 분이라도 생각의 흐름을 추적해보면, 우리가 이야기를 만들어낸다는 사실을 알 수 있다. 예

* 독일 민화에 나오는 난쟁이 캐릭터로 짚으로 황금을 만들어준다.

를 들면 이런 식이다.

'나는 지금 갈색 의자에 앉아 키보드 자판을 치는 손가락을 바라본다. 키보드에 손톱이 부딪히는 소리가 들린다. 손을 뻗어 홍차를 한 모금 삼킨다. 이런, 거의 다 마셨네. 차를 더 가져와야겠다. 참, 카페인을 줄여야 하는데. 카페인을 많이 마시면 심장이 두근두근한다니까. 앤디도 카페인이 좋을 게 없으니 줄이라고 했는데. 아니 근데, 앤디가 하지 말라면 내가 하지 말아야 해?'

아차, 또다시 이야기로 흘러갔다. 우리는 순간순간의 경험을 모아 이야기라는 틀을 구성한다. 어항에 갇힌 잉어가 어항 밖을 상상할 수 없듯이, 우리는 자기가 만든 이야기에 갇혀 세상을 바라보는 거다.

당신은 앞으로 나아가려 하면서 쳇바퀴 도는 이야기를 하고 있지는 않나? 당신의 중심축을 바꿔줄 이야기는 무엇인가? 강처럼 흐르는 어떤 이야기가 당신 삶에 목적을 가져다줄까? 당신은 그 이야기 속에서 얼마나 생동하고 진정성 있게 살 수 있을까?

자신과 타인을 향해 그리던 아주 작은 동그라미를 모두 놓아주기를, 현재와 미래를 활발히 그려나가는 이야기를 선택하도록 마음을 다해 기도한다.

끝내 경험하지 못한 게 뭘까? 나는 삶을 얼마나 원하는지 알기 위해 죽어야만 했다. 그리고 얼마나 오래가 아닌, 얼마나 깊고 넓게 살기를 원하는지 알게 됐다. 죽음에 가까웠던 경험 덕분에

내 삶은 기차를 타고 다니는 여행에서 산악자전거를 타고 미끄
러운 바위를 오르는 모험이 됐다. 그리고 지금 나는 질주한다.

죽음의 문턱에서

"그렇다면 혹시 모르죠? 어쩌면 우리는 천사에게 사로잡히듯, 특
정한 기억에 붙잡히게 될 수 있겠네요."

– 마르그리트 유르스나르Marguerite Yourcenar(1903~1987)*

각얼음이 녹고 공기 중으로 증발한다. 상상 속에서 너는 그
얼음이다.

빗방울이 바다에 톡 떨어지고 일렁이는 파도가 된다. 상상
속에서 너는 그 빗방울이다. 한 손이 수십 년 동안 뭔가를 꽉 움
켜쥐고 손의 감각마저 잃는다. 마침내 손을 펴자 안도의 한숨이
나오고 해방감이 깃든다. 상상 속에서 너는 그 손이다. 상상 속에
서 너는 생각할 수 있는 가장 안전한 경험을 한다.

* 벨기에 출신의 프랑스인 소설가이자 수필가이다.

죽는다는 게 어떤 느낌인지 또 어떤 말로 표현할 수 있을까? 원래 설명할 수 없다며 나를 안심시키는 사람도 있지만, 대다수는 죽음이 어떤 느낌인지 말해달라고 계속 나를 조른다. 그 경험으로 내가 무엇을 배웠는지, 어떻게 달라졌는지 묻는 게 아니다. 그들은 죽음 자체의 느낌을 궁금해한다. 그날의 경험은 말로 표현할 수 없다. 이야기한다고 해서 누군가를 진정 변화시킬 수 없다는 것도 안다. 그러나 무려 25년이 지났지만 나는 여전히 그 일을 말해야만 한다고 느낀다. 그날 내가 무슨 경험을 했는지, 무엇을 배우고 어떻게 달라졌는지 지금 전하려 한다.

나는 보스턴에 있는 병원 수술대 위에 있었다. 아니, 내 몸이 거기에 있었다. 의사가 간호사에게 외치는 소리가 들렸다.

"젠장, 환자가 위험해! 당장 아드레날린을 투여해!"

모차르트의 협주곡을 듣거나, 마이아 앤절로Maya Angelou (1928~2014)*가 〈그래도 나는 일어선다And Still I Rise〉를 절절히 낭송하는 소리를 듣는 편이 훨씬 좋았을 거다. 아니면 고양이가 가르랑거리는 소리도 괜찮았을 거다. 아쉽게도 내가 마지막으로 들은 소리는 의사의 다급한 외침이었다. 그 후 나는 서서히 녹아 몸 밖으로 떨어져나왔고, 위로 향했다. 흡사 사랑에 빠지는 순간 같았다. 사랑이란 두려움에서 떨어져나와 위로 향하는 경험이라

---

* 미국의 시인이자 소설가, 배우 겸 인권운동가로 영향력 있는 흑인 여성 중 한 명이다.

고 나는 줄곧 생각했으니까.

의사가 간호사에게 욕설을 퍼붓는 동안, '나'는 수천 개의 닫힌 문을 지나 나 자신이라고 생각했던 존재를 향해 솟아올랐다. 희망도, 공포도 느끼지 않았다. 나를 정의하던 모든 명사가 즉시 사라졌다. 난 더 이상 '엄마'도, '여동생'도, '친구'도 아니었다. 그저 경이로움에 빠진 한 영혼이었다.

시각도, 청각도, 후각도 없었다. 더 이상 불화도, 분열도, 떨어져 나온 느낌도 없었다. 나는 완전한 공명 속에 존재했다. 남은 것이라곤 온갖 감각을 일으키며 떠들썩하게 관심을 요구하고, 수천 가지 의무로 나를 속박하던 정들고 나이 든 육체뿐이었다.

사람들은 내게 '빛'을 봤는지 물었다. 진실을 말해야겠다. 사실, 내 경험은 빛을 향해 몸을 굽히는 쪽에 더욱 가까웠다. 온몸이 빛으로 흠뻑 물들 것처럼 빛이 쏟아졌다.

모든 일에는 빛과 어둠이 있다고 하지 않던가. 나 역시 서서히 나를 잠식하는 어둠을 경험했다. 지옥 불에 빠진 건 아니었다. 나는 영혼이 얼마나 위대한 사랑을 할 수 있는지 깨달았고, 내가 살면서 베풀어온 사랑을 떠올렸다. 자각은 고통스러웠다. 내 사랑이 늘 불완전했다는 사실을 인식하자 괴로움이 파도처럼 몰려왔다. 나는 사랑을 물건이라고 생각했다. 내가 '주거나' '주지 않거나', '받거나' '받을 수 없는' 상품으로 여겼다. 이런 생각이 곳곳에서 내 사랑의 한계를 그었다. 한계가 정해진 사랑 때문에 아들이 얼마나 고통스러웠을까. 그 마음을 헤아리자 지옥 불보다 더한 괴로움이 온몸을 휘감았다.

대화가 시작됐다. 말로 표현하지 않는 대화였다. 내 영혼과 내가 살아온 인생이 완전한 고요 속에서 서로 마주 봤다. 생각을 전하는 것보다 더욱 미묘했고, 마치 바람이 나무를 스치며 귓속말을 속삭이는 것 같았다.

"어때? 인생은 꽤 즐거웠어?"

"꽤 즐거웠냐고? 아직 인생을 시작도 못 했어. 그런데 죽어 버렸다고!"

사실이었다. 나는 신성한 순간에서조차 만족할 만큼 얻지 못했다고 불평을 해댔다.

"그래? 대체 뭘 그렇게 기다렸는데?"

말문이 막힌 채 식식거리는 모습이 그려지는가? 나는 주어진 순간을 오롯이 경험한 적이 손톱만큼도 없다는 사실을 깨닫고 순간 휘청했다. 누군가 내게 백만 원을 줬는데, 생각 없이 99만 원을 버려놓고는 충분히 받지 못했다고 불평하는 꼴이었다.

"무엇을 끝내 내주지 못했어?"

"무엇을 끝내 치유하지 못했어?"

"무엇을 끝내 배우지 못했어?"

"무엇을 끝내 경험하지 못했어?"

내가 무슨 대답을 할 수 있었을까. 대답을 들으려는 질문이 아니었다. 그저 내 마음이 열리기만을 바라는 질문이었다. 나는 근원적으로 느꼈다. 내 정신은 씨앗이 부풀어 싹을 틔우듯, 배움을 틔우길 열망했다. 내 영혼은 사과나무 가지가 꽃을 피우듯, 경험을 피우길 갈망했다. 내 심장은 꽃이 열매를 맺듯, 가진 것을 기꺼이 내줘 결실을 맺길 절실히 바랐다.

자다가 화들짝 놀라서 몸을 벌떡 일으켜 깬 적이 있는가? 나는 그렇게 갑작스레 몸 안으로 다시 들어왔다. 내 몸은 의료용 침대에 실려 영안실로 이송되고 있었다. 지금은 이런 농담도 한다.

"시험에선 낙제한 적이 없는데, 죽음에서 떨어졌지 뭐야."

물론 나는 죽음이 실패가 아니라는 근사한 사실을 깨닫고 몸 안으로 쿵 떨어졌다.

나는 한없이 벅찼다. 들숨과 날숨이 달콤하고 완전한 황홀경을 연주했다. 마침내 안쪽 눈꺼풀을 뜬 은색 물고기가 이런 심정일까? 나는 의료용 침대를 미는 직원에게 말을 걸려 했지만, 입에서 거품만 나왔다. 내가 목숨을 잃었다고 생각한 의사에게 나는 목숨을 잃지 않았다고, 살아 있음의 참된 의미를 모르던 무지와 무감각을 잃었을 뿐이라고 설명하려 애썼다. 데이비드에게 우리가 고통, 슬픔, 두려움, 기쁨에 마음을 열기 시작하면 인생도 우리에게 마음을 연다는 말을 전하려 노력했다.

친구들에게 삶의 목적을 찾지 않아도 된다고, 목적은 혈관을 타고 흐르는 피처럼 우리 영혼 안을 유유히 흐른다고, 그러니 목적이 우리를 찾도록 두면 된다고 알리려 애썼다. 직원도, 의사도, 데이비드도, 친구들도 모두 같은 반응을 보였다. 스쿠버 다이버가 바닷속 물고기를 만나, "너희가 헤엄을 치는 공간이 바로 물이라는 거야."라고 말한다면 물고기가 보일 법한 반응이었다.

이 이야기에는 결말이 없다. 궁극적으로 내가 확신하는 것은 이뿐이다. 우리는 모든 인간에게 찾아오는 날것 그대로의 삶에 두 팔을 활짝 벌려야 한다. 우리가 두려움, 고통, 기쁨, 황홀경이라고 이름 붙인 모든 에너지에 마음을 열도록 끈질기게 애써야 한다. 우리는 무엇도 없앨 수 없다. 그저 부드러움과 정직함으로 삶을 끌어안을 뿐이다. 우리는 자신과 타인에게 연민과 자비의 마음을 품지 않아서 고통받는다. 그러니 열렬히 관찰하고 끈기 있게 생각하고 배려하며 살아야 한다. 우리는 진실한 마음에서 삶을 시작해, 진실한 마음으로 삶을 끝맺는다. 그러니 진실한 삶으로 세상을 뜻깊게 만드는 방법을 찾아야 한다. 내가 줄 수 있는 것 중 가장 값진 것은 오직 사랑뿐이다. 나 역시 이 모든 사실을 늘 유념하지는 못하고, 가끔 잊기도 한다. 그래서 더욱 열심히 연습한다. 나는 끈질기게 노력해 모든 마지막 순간을 생생히 살아갈 것이다. 세상을 떠나는 날까지 갈망하는 마음을 품으며 살 것이다.

소설가 토머스 하디Thomas Hardy(1840~1928)는 생일이란 결국 언제 닥칠지 알 수 없는 '그날'과의 관계 속에서 존재한다고 말했다. 하지만 우리는 매년 누군가 죽었던 날을 조용히 넘어가곤 한다. 언제 죽을지 알 수 있다면 우리는 어떻게 변할까? 우리가 가진 우선순위도 바뀔까? 작가이자 교육자인 페마 초드론Pema Chodron(1936~)*은, 사람들 대부분이 갈색 종이봉투를 머리에 뒤 집어쓴 채 그랜드캐니언에 서 있는 사람들처럼 살아간다고 묘 사했다. 우리가 '죽을 날'을 인식하고 산다면 종이봉투를 벗을 수 있을까? 어떻게 벗어던질 수 있을까?

그날 병원에서 나를 둘러싼 모든 게 바뀌었다. 바닷가에서 해일을 맞닥뜨렸던 사람에게 해변이 남다른 의미를 지니듯이 나 역시 그랬다. 마치 보이지 않는 손이 내 안에 있는 녹슨 밸브를 열어놓은 것 같았다. 다른 사람에게 세상은 이전과 같았겠지만, 나에게 세상은 내 몸을 관통하는 에너지의 무한한 원천이자 사 랑으로 가득한 장소였다. 세상에 흐르는 에너지는 결코 고갈되 거나 마를 수 없었다. 다만 내가 내면의 밸브를 잠가서 방해할 뿐 이다. 밸브를 열어 에너지를 많이 흐르게 할수록 더욱 많은 에너 지가 나를 채운다.

에너지를 가로막는 요인 중 하나는 자신을 고정된 틀에 가두 고 보는 태도다. 자신을 가로막는 모든 말들을 생각해봐라.

"아, 난 이런 거 못하는데…. 애초에 이런 일을 할 수 있는 사

---

* 미국 티베트 불교의 대표적인 여성 승려이다.

람이 아니야. 나는 너무…."

당신이 뭘 잘하고, 뭘 못하는지 정해두지 않으면 어떨까? 생각, 죄책감, 걱정을 넘어서 더 깊은 내면에서 당신을 그저 경이로움에 빠진 영혼이라고 바라본다면? 그렇다면 삶을 대하는 방식이 어떻게 바뀔까?

나는 죽음을 경험한 직후, 확실한 감정을 느꼈고 여전히 그 마음을 간직하고 있다. 바로 살아 있는 자체를 깊이 사랑하게 된 것이다. 그리고 나는 엄마와 아빠의 죽음을 되돌아보게 됐다. 특히 내 마음에 후회를 남겼던 엄마의 죽음이 자꾸 생각났다. 엄마는 죽기 전까지도 늘 거들을 입고 생활했다. 심지어 잘 때도 벗지 않았다. 이런 내용을 책에 쓰면 엄마는 분명 싫어하겠지만, 좋은 의도가 있다고 설명하면 허락하지 않을까? 물론 엄마가 거들을 챙겨 입는 데에도 좋은 의도가 있었다. 엄마는 살이 흔들리는 모습을 보이는 게 예의가 아니라고 생각했고 그래서 꽉 조이는 거들을 입어 버릇했다. 엄마가 돌아가시기 몇 주 전, 나는 엄마에게 왜 아직도 거들을 입느냐고, 잘 때만이라도 벗으라고 말했다. 자유가 뭔지, 모든 걸 내려놓으면 어떤 마음이 드는지 엄마가 끝내 알길 바랐다. 하지만 엄마는 고개를 저으며 답했다.

"도나, 그러면 내가 아닌 것 같아."

엄마를 깎아내리고 싶은 마음은 전혀 없다. 그저 우리에게도 엄마의 거들처럼 자신의 존재를 가두는 이야기가 있다고 말하고 싶었다. 우리 역시 잘 때도 벗어두지 못하지 않나? 우리는 자신의 존재를 제한된 개념 속에 가두며 자신을 속인다. 영혼이 갈망하는 삶보다 훨씬 비좁은 모습에 어떻게든 속하려 한다.

나는 많은 세계적 기업 CEO들과 목적에 대해 이야기를 나눈 적이 있다. 내가 그들에게 목적이 뭐냐고 물었을 때, 그들은 대개 '비전'을 말했다. 그리고 비전을 품은 덕분에 어떻게 열심히 일하게 됐는지 덧붙였다. 비전을 말하는 그들의 눈은 마치 글레이즈드 도넛처럼 번들거렸고 목소리는 울림 없이 콱 막힌 듯했다. 나는 그들에게 은퇴한 사람들이 무엇을 후회하는지 들려줬다. 사람들에게 더욱 다가갈걸, 일에서 모험을 시도해볼걸, 삶의 큰 그림을 더욱 찾아볼걸, 세상을 위해 진정 헌신할걸. 나는 이야기를 마치며 혹시 마음에 걸린 느낌은 없었는지, 어딘가 헛헛하지는 않았는지 물었다. 어떤 사람은 헛기침을 하고 손목시계를 쓱 보더니 다음 약속에 가야 한다고 답했다. 대부분은 한동안 팔짱을 끼다가 책상 위에 흩어진 서류를 간추리더니 내가 너무 이상적이라고 말했다.

매우 드물게 소중한 순간이 찾아오기도 했다. 색소폰 연주를 즐기던 때를 회상하거나, 학대당한 여성을 위해 보호 쉼터를 마련하고 싶었다는 꿈을 밝히기도 했다. 형편이 어려운 청소년들의 멘토가 되고 싶었다거나, 어려운 유년 시절을 어떻게 극복했는지 책을 쓰고 싶었다고 말하기도 했다. 이런 말을 털어놓을 때 그들은 눈부시게 반짝였다. 반짝였다는 말 말고는 달리 표현할수 없었다. 뺨이 달아오르고, 몸에는 활기가 돌았으며, 목소리에선 흥분을 느낄 수 있었다. 잠시 시계가 멈춘 것만 같았다. 하지만 반짝임은 오래가지 않았다. 그들은 갑자기 동작을 멈추더니고개를 세차게 흔들었다. 마치 호수에 들어갔다 나온 강아지가마구 몸을 터는 것 같았다. 그리고 거듭 속으로 다시 들어갔다. 마음에 간직한 꿈을 이룰 형편이 아니라고, 돈도 시간도 부족하다고 말했다.

"마르코바 씨, 저는 그런 일을 할 수 있는 사람이 아니에요…. 그러면 제가 아닌 것 같아요."

멈췄던 시계가 다시 움직이자 그들 마음이 다시 숨어버리는모습이 보였다.

데이비드는 어렸을 적 어른이 되고 싶지 않다고 말했다. 어른들은 죄다 좀비처럼 보인다나. 나 역시 아무 생각 없이 좀비처럼 달려들며 살았던 것 같다. 하지만 말 그대로 죽었다가 되살아나자, 생생히 살아갈 자유가 내게 있다는 사실을 깨달았다. 우리는 바로, 지금 이 순간 온전히 존재할 수 있다. 내가 누군지 정의하고 내가 되고자 하는 존재를 선택할 자유가 있다. 무엇을 '소유할지' 정하는 자유가 아니다. 어떤 사람이 '될지' 정할 수 있는 자유다.

형편이 좋지 않아 자유는 꿈도 꾸지 못하는 사람이 많다는 사실을 안다. 사실 제대로 먹지 못하거나, 기본 교육조차 받지 못하는 사람이 세상에 여전히 많다. 반면, 평생 먹을 양식보다 더 많은 음식을 쌓아놓고, 다 채우지도 못할 커다란 집에 살며, 써 먹지도 못할 교육을 받는 사람도 많다. 그리고 그들 역시 고통받는다. 영적으로 충족되지 않고, 목적의식이 가져다줄 수 있는 자양분이 부족하기 때문이다. 온갖 핍박을 받던 넬슨 만델라는 배를 타고 감옥으로 끌려가는 동안 목청껏 자유를 노래했다. 한밤중에 병원 바닥을 쓸던 자메이카인 천사도 내 아픔을 지나치지 않고 "당신은 두려움보다 강합니다."라고 내게 속삭였다. 그들은 자기 삶과 세상을 모두 바꿔놓았는지도 모른다. 우리도 창피함을 무릅쓰고 보트에 서서 노래하거나 귓속말을 속삭일 수 있을까?

작가이자 멘토이자 삶의 안내자인 파커 J. 파머는 이렇게 말했다.

"그 어떤 형벌보다 가장 최악인 형벌은 스스로 자신의 한계를 긋는 것이다."

나는 57년 동안 살면서 후회도 많이 했지만 정말 자랑스러운 행동도 몇 가지 했다. 네 살짜리 아들을 데리고 2년 동안 세계 여행을 했고, 사람들의 다양한 학습 방식을 파악하도록 돕는 책을 몇 권 썼고, 더 나은 인생을 살 자격이 있는 아이들에게 그들의 가치를 알려줬고, 암을 선생님으로 받아들였고, 엄마가 돌아가시기 전까지 엄마를 사랑하고 보살폈다. 가장 최근에 자부심을 가질 만한 행동은 내면에 집중하기 위해 겨우내 이곳 통나무집에 머문 것이다. 나는 거의 반년 동안 이곳에서 지내며 온전히 휴식하고, 내면의 목소리를 듣고, 내면의 경험을 받아들이고 있다. 나는 침묵 속에서 평안을 찾는 법을 배웠고, 어떤 소리도 들리지 않을 때까지 심장 소리에 집중하는 법을 익혔다. 지금은 목적의식이 솟아날 수 있는 상황을 조성하는 법을 배우고 있다. 혼란스러워서 불평이 생기고 알지 못해서 과민하게 반응할 때도 있다. 그래도 답할 수 없는 질문을 속속들이 파헤치고, 무사안일한 삶이 주는 고통이 아닌, 불안한 삶이 주는 진통을 헤치며 살아가려 한다. 나는 온전히 살며 내게 정말 중요한 가치를 지키기 시작했다. 무엇이 정말 중요한지 다시 깨달아, 영혼의 결에 맞는 삶의 리듬을 따르고 있다.

죽음의 문턱에서 돌아오고, 겨우내 통나무집에 머물면서 여러 사실을 깨닫게 됐다. 그중 가장 마음에 남는 건 목적을 '찾는다'라는 표현이 틀렸다는 깨달음이다. 목적은 찾는 게 아니었다. 목적이 나를 찾아올 수 있는 상황을 6개월이 됐든 6분이 됐든 만들어야 하는 것이다. 삶의 의미가 뭐냐고 물으면 안 된다. '내 삶'이 어떤 의미를 지니는지 물어야 한다. 그 순간, 내면의 대답에 귀를 기울이고 대답 속에 깃든 진심을 기꺼이 받아들여야 한다.

목적이 당신을 찾아오게 하려면 어떤 상황을 만들어야 할까? 내 삶이 지닌 의미를 지키며 살려면 어떻게 살아야 할까?

서아프리카에는 마음이 먼저 가야 손이 따른다는 속담이 있다. 우리 모두 마음을 먼저 풀어놓아 마음이 나아가는 길을 손이 따를 수 있기를 기도한다.

4장

세
상

다시 세상 속으로

"삶의 목적은 나의 깊은 즐거움과 세상의 필요가 만나는 곳에 존재합니다."

– 프레더릭 비크너Frederick Buechner(1926~2022)[*]

달콤한 어둠을 뚫고 빛이 솟아난다. 나는 빛을 바라보며 몸 안에 영혼이 깃든 날을 기념한다. 오늘은 바로 내 생일이다. 이 순간, 모든 게 완벽한 균형을 찾은 것 같다. 구릿빛 태양이 동쪽에서 떠오르고 은빛 달이 서서히 서쪽으로 사라진다. 코요테 한 마리가 정적을 뚫고 길게 울부짖는다. 밤이 물러나고 새벽이 찾아왔다. 춘분이 하루 지난 날이지만 봄이 왔다고는 믿기지 않는다. 여전히 눈은 사람 키만큼 쌓여 있고 바람은 사방에 휘몰아친

[*] 미국의 목사이자 작가이다.

다. 나는 통나무집으로 들어와 친구 줄리가 선물한 둥지를 바라봤다. 어떤 새가 만들어놓은 둥지인지는 우리 둘 다 모른다. 사슴 털과 솔잎으로 짜인 둥지 안에 아주 작은 솔방울이 네 개 들어 있다. 새는 이 둥지에서 무엇을 품으려 했을까? 그리고 왜 둥지를 버리고 떠났을까? 마치 1년 전에 보석을 보고 들뜨던 것처럼 나는 둥지를 보며 설렘을 느꼈다. 나는 꽁꽁 언 풍경 속에서 인생 후반부를 시작하는 데 필요한 게 뭘지 계속 고민해왔다. 둥지가 내게 해답을 주려는 듯 말을 거는 것만 같다.

"나는 집이자 안식처이자 보금자리였어. 작은 새들은 이곳에서 쉬면서 씨앗을 옮기고 생명의 가능성을 널리 퍼뜨렸지. 나는 어쩔 수 없이 버림받았지만 슬프지 않아. 나를 버려야 순환의 다음 단계가 나타날 수 있으니까. 나를 과거에 붙잡아두려 한다면 나는 네 손에서 바스러질 거야. 무엇도 영원하지 않으니까. 자연의 모든 건 형태를 바꿔야만 해. 너 역시 믿음을 갖고 네가 품은 꿈이 세상 전체에 닿도록 놓아줘야 해. 이제 돌아갈 때야."

나는 돌아가야 한다는 사실이 달갑지 않았다. 살면서 처음으로 나만의 고독함 속에서 완벽한 행복을 맛보던 중이었다. 이곳은 내가 직접 만든 완벽한 세상이었다. 하지만 매일 저녁 태양은 점점 길어졌고, 모이를 먹는 박새들은 더욱 활기차게 노래했다. 통나무집에 오래 머물수록 이 집을 향한 집착은 더욱 커졌다. 나는 아들 데이비드나 며느리 앤지, 남편 앤디가 이곳에 찾아올수록 더욱 까다롭게 굴었다. 뒤를 졸졸 따라다니며 흙 묻은 발자국을 닦았고, 아무 데나 벗어둔 재킷을 얼른 집어 걸었으며, 제자리가 아닌 곳에 책이나 잡지가 놓여 있으면 기다렸다는 듯 잔소리를 했다. 인구조사원이 통나무집을 찾아와 진한 향수 냄새를 남기고 떠났을 때는, 창문을 활짝 열어 이 집에 내가 좋아하는 냄새만 나도록 했다. 나만의 세상을 지키려면 점점 더 많은 것을 통제해야 했다. 조금만 더 이렇게 살다가는 통나무집이 나만의 완벽한 우리가 될 게 뻔했다. 마치 정체성처럼, 이 집도 나를 가두는 감옥이 될 수 있었다.

결국 나아가야 할 때라는 사실을 받아들였다. 삶의 목적은 고독 속에서 찾아야 하지만, 그 목적을 이루려면 공동체에 다가가야 하기 때문이다. 이곳을 떠나겠다는 마음을 먹자 약 25년 전 생일날 태평양 반대편에서 경험했던 신비로운 일이 떠올랐다. 그때 나는 일본 북부 지방에 있는 불교 사찰에서 몇 주 동안 명상을 하고 있었다. 나는 명상에 대해 아는 바가 없었고, 사찰에는 영어를 할 수 있는 스님이 없었다. 그래서 무슨 일이 일어나는지 이해하지 못했지만, 사찰이 너무 고요하고 평화로워서 나도 모르게 하루하루 명상의 매력에 빠져들었다. 어느 날 아침, 스님들과 내가 명상실에 들어서는데 문 옆에 로시[老師]*가 앉아 있

* 일본 선불교에서 스승이 되는 승려를 뜻하는 말이다.

었다. 로시는 한 명씩 들어오는 사람에게 절을 하더니 그 사람 이마에 엄지손가락을 꾹 갖다 댔다. 내 차례가 되자 나도 절을 하고 매트에 조용히 앉았다. 명상하러 온 사람들은 주로 벽을 보고 앉았지만, 그날은 방석이 깔려 있었다. 그래서 우리는 벽을 등지고 중앙을 마주 보며 둘러앉았다.

한 시간쯤 지났을까 싶었지만 기껏해야 7분 정도 흘렀을 때, 나는 명상을 하는 스님들을 슬쩍 바라봤다. 스님들 이마에는 모두 다른 색깔의 점이 찍혀 있었다. 로시가 찍어준 점이었다. 나는 억지로 눈을 돌려 앞에 놓인 다다미를 바라봤지만, 머릿속은 이미 갖가지 생각으로 가득 찼다. 점의 의미가 뭐지? 나도 점이 찍혔나? 분명 그렇긴 할 텐데. 내가 절할 때 로시가 이마를 눌렀으니까. 그런데 왜 점을 찍었지? 내 점은 무슨 색깔일까?

질문이 꼬리에 꼬리를 물었다. 문득 이런 생각이 들었다. 나는 방에 있는 모든 스님의 점 색깔을 알고 스님들도 내 색깔을 알지만, 정작 자기 색깔은 모르는구나! 스님들도 자기의 점 색깔이 나만큼 궁금할 거라는 생각이 들었다. 물론 명상실에 거울은 없었다. 우리는 가만히 앉아 있어야 했다. 몸을 씰룩거리거나 긁어서도 안 됐다. 나는 어떻게 재채기를 해야 자연스럽게 손톱으로 이마의 잉크를 긁어올 수 있을지, 명상 내내 궁리했다. 내가 행동을 감행하기 전, 징이 세 번 울리고 명상 시간이 끝났다. 우리는 모두 중앙을 향해 절을 올렸고 문을 향해 한 호흡에 한 걸음씩 천천히 걸어갔다.

로시가 출구에서 우리를 기다리고 있었다. 한 사람씩 절을 올리자 그는 살짝 미소 지었고, 젖은 손수건으로 점을 닦아냈다. 우리도 미소 지으며 절을 올렸고 명상실을 나왔다. 방에 있던 모든 사람이 내 이마의 점을 똑똑히 봤지만, 나는 점의 색깔을 결코 알아낼 수 없었다.

그때는 이해하지 못했지만, 지금은 알 것 같은 게 있다. 바로 삶의 목적이 이마에 찍힌 점과 비슷하다는 사실이다. 삶의 목적을 진정 찾고 실현하려면 우리에게는 서로가 있어야 한다. 삶의 목적은 가려는 도착지가 아니라, 그려나가는 별자리를 닮았기 때문이다. 우리에게는 내가 만들어가는 별자리를 알아봐줄 누군가가 필요한 것이다. 삶의 목적은 고유한 방식으로 타인을 돕게 하는 나만의 독특한 문양이자, 자신을 위한 유일한 방향이다. 그래서 어떤 해결책이나 결정 혹은 사건보다 더욱 큰 의미를 지닌다. 반드시 일에만 국한된 것도 아니다. 일을 통해서 삶의 목적을 드러낼 수도 있겠지만, 삶의 목적은 일의 경계를 넘어선다. 마치 얼음장 아래로 흐르는 강물 같다. 강줄기를 따라 흐르듯, 우리는 삶의 목적이 이끄는 방향으로 에너지를 쏟지만 어떤 결과도 기대하지 않는다.

나는 통나무집이라는 둥지에서 다섯 달 동안 지내며 내 삶의 별자리, 즉 삶의 목적을 깨달았다. 목적은 과거에도 지금도 네 가지 별을 포함하고 있었다. 첫째, 나를 포함해 사람들의 재능을 발견하고 밖으로 끌어내는 것. 둘째, 지혜를 기르는 것. 셋째, 인간의 영혼을 자유롭게 하는 것. 넷째, 마음을 열고 널리 사랑하는 것. 나는 목적을 이루기 위해 냉철한 머리로 생각하고, 따뜻한 가슴으로 다가가야 한다는 사실 또한 마음에 새겼다.

지역사회로 돌아가 목적을 이루려고 생각하자, 네 가지 별을 빛낼 수 있는 수많은 방법이 떠올랐다. 어떻게 시작하고 꾸준히 유지할지가 관건이었다. 내게는 어떤 행동과 말이 원하는 결과를 가져올지 알려줄 나침반이 필요했다. 내가 진정 원하는 미래, 후대에 남겨줄 수 있는 미래를 만들도록 나를 빛으로 이끌어줄 나침반을 찾았다.

나는 스스로 나침반을 만들기로 마음먹었다. 생각을 환기하는 질문은 나침반의 방위가 될 수 있었다. 지난 다섯 달 동안, 나는 일어나자마자 떠오른 질문을 종일 곱씹고 질문이 만든 길을 따라 걸었다. "어떻게 모든 일을 해낼 수 있을까?"라는 질문이 떠오른 날은 정신이 희미해질 때까지 방법을 구상했다. 실천한 방법은 목록에서 하나씩 지워나갔고, 밤에는 거의 실신하듯 침대에 쓰러졌다. "한 번도 상처받지 않은 것처럼 오늘을 사랑할 수 있을까?"라는 질문이 떠오른 날은 마음을 열고 열렬히 하루를 살았다.

나는 네 가지 질문을 만들어 나침반의 동, 서, 남, 북을 정해야겠다고 생각했다. 길을 잃었을 때도 금방 기억할 수 있고, 어떤 결정을 내릴 때도 목적에 맞는지 쉽게 점검할 수 있는 네 가지 질문을 만들기 시작했다.

나는 고심을 거듭한 끝에 새벽 4시에 펜을 들었다. 책상 앞에 꼿꼿이 앉아 'LIVE(살다)'라는 단어를 휘갈겨 썼다. 네 가지 알파벳은 서로 다른 질문을 상징했다. 사실 나는 줄임말을 잘 기억하지도, 좋아하지도 않는다. 내가 상담을 했던 모든 단체가 그럴싸한 줄임말을 쓰고 있었지만, 내게는 그 모습이 비밀스럽고 배타적으로 보였다. 하지만 이 순간만큼은 내면의 안내자가 내게 줄임말을 선물했다고 느꼈다. 머릿속에서 저절로 줄임말이 피어난 것 같았다. 'L'은 "내가 무엇을 '사랑love'할까?" 'I'는 "내 '안inner'에 어떤 재능과 소질이 숨었을까?" 'V'는 "내가 무엇을 '가치value' 있게 여길까?" 'E'는 "내 안의 최선을 끌어내는 '환경environment'이 뭘까?" 인생의 갈림길 앞에서 네 가지 질문을 떠올린다면, 영혼의 신비로운 여정이 조금 수월해질 거라는 생각이 들었다.

감사하게도 나는 현명하고 위대한 영혼들을 알고 있다. 그들은 내면의 정교한 나침반을 따라 기품 있고, 또 깊이 있게 산다. 네 가지 질문이 자석처럼 나를 이끌고 안내하듯이, 그들에게도 자신을 이끌어주는 안내 시스템이 있다. 그들의 머리, 심장, 행동은 안내 시스템이 이끄는 방향에 맞게 나아간다. 흔히 '의지'라고 불리는 부담감을 품고 나아가는 게 아니다. 그들은 멀리 전진하지만, 자석에 이끌리듯 자연스럽고 편안하다.

예순에 가까운 나이가 되니 몇 가지를 저절로 알게 되기도 한다. 내가 네 가지 질문에 결코 답할 수 없을 것이라는 사실도 그렇다. 하지만 답을 찾는 과정에서 내면의 지혜에 귀 기울인다면, 시인 루미가 말했듯 "무릎을 꿇고 땅에 입을 맞추는 수천 가지 방법"을 찾아낼 수 있을 거라고 믿는다. 네 가지 질문은 나를 분명 "나의 깊은 즐거움과 세상의 필요가 만나는 곳"으로 데려갈 것이다.

나는 무엇을 정말 사랑할까? 이 질문에 답하려면 사랑의 씨앗이 흩어지던 과거를 살피고, 그 씨앗이 열매 맺을 미래를 그려봐야 할 것이다. 누가 내게 세상의 아름다움을 보도록 알려줬을까? 누가 어떤 상황에서도 나를 믿어줬을까? 내게 살아 있다는 경이로움과 사랑을 전해준 위대한 영혼이자 동반자는 누구일까?

사랑은 멈추지 않는다

"우리가 사는 세상은 부모가 물려준 게 아닙니다. 아이에게 빌린 거죠."

– 마하트마 간디Mahatma Gandhi(1869~1948)

오랜 시간이 흘렀지만 할머니를 떠올리면 여전히 빵 냄새가 난다. 아니, 빵 냄새라고 딱 꼬집어 말하긴 힘들다. 이스트 냄새에 더 가까울 것이다. 내 기억 속 할머니는 언제나 밀가루를 만지고 있었고 눈부시게 빛났다. 아직도 할머니 얼굴이 생생히 기억난다. 깊게 파인 눈두덩이 위로 모든 걸 꿰뚫어 보는 눈빛, 높게 솟은 광대뼈, 할머니의 삶처럼 정교하고 세심한 문양이 새겨진 피부. 할머니는 쪼글쪼글했고 몸집도 왜소했지만, 손이 정말 크고 고왔다. 손등 핏줄은 단풍잎의 아름다운 잎맥 같았다. 손가락도 하얗고 길어서 보고 있으면 갓 수확한 뿌리채소가 절로 떠올렸다.

　어린 시절, 나는 할머니네 집에 자주 놀러 갔다. 금요일 오후에는 빨간 식탁보가 덮인 식탁 옆에 쪼그려 앉아, 할머니가 안식일에 먹을 빵 만드는 모습을 구경했다. 할머니는 달걀을 넣은 반죽을 새끼 모양으로 꼬며 삶의 지혜를 내게 전수했다. 할머니가 따뜻한 손바닥을 나의 이마에 잠시 갖다 댔다는 사실도 기억한다. 마치 엄청난 보물이 숨은 이야기를 내 머릿속에 넣는 의식 같았다.

　"반죽을 부풀게 하는 이스트처럼 사람에게도 삶을 피어나게 하는 에너지가 있어. 에너지는 사람의 가운데에서 위로 솟고 옆으로 뻗으며 터져나오려 하지. 설탕이 있어야 이스트가 활동하듯이 에너지도 밖으로 끓어오르려면 달콤함이 필요해. 우리가 달콤함을 주지 않으면…."

　할머니는 잠시 말을 멈추고, 반죽이 찐득하게 묻은 손가락을 내려다봤다.

　"영혼은 병들게 돼."

　할머니가 손가락에 묻은 반죽을 떼어내려 하자 새끼 모양으로 꼬인 반죽이 이내 흐트러졌다. 할머니는 반죽을 다시 치대고 뒤집더니, 반죽 위로 밀가루를 듬뿍 뿌렸다. 그 바람에 내 머리 위에도 뽀얀 밀가루가 내려앉았다.

　"그러면 처음부터 다시 반죽하고 이스트를 부풀게 해야 해."

어쩌면 이때부터가 아니었을까? 할머니가 툭 던진 이야기는 내 안에 자리 잡았고, 그때부터 나는 영혼이 궁금했다. 한번은 할머니에게 친구 안토니 에스포지토에 대해 말한 적이 있었다. 안토니 아빠가 운영하는 식당이 어떻다는 둥 시시콜콜한 이야기였다. 안토니가 큰 돌을 갖고 노는 걸 좋아한다는 말도 덧붙였다. 그러자 할머니는 안토니의 할아버지가 이탈리아에서 석공으로 일했다는 사실을 알려줬다. 안토니의 할아버지는 주말마다 안토니와 함께 뉴저지 곳곳에서 바위를 가져와 벽, 계단, 작은 다리 등을 만들었다고 한다. 할아버지가 물려준 유산이 안토니 마음에 자리 잡고 있었던 것이다. 할머니는 나 역시 물려받은 유산이 있다고 말했다. 그래서 사람들이 마음 가는 대로 살고 배울 수 있도록 훗날 내가 돕게 될 거라고 이야기했다. 할머니가 내게 보여준 대로, 나도 다른 사람을 좋은 쪽으로 이끌 거라는 뜻이었다. 할머니의 사랑이 내가 걸어갈 길을 만들고 있었다.

할머니는 내가 아는 사람 중 가장 지혜로웠다. 지금 생각해보면, 할머니에게 배운 지혜가 정말 많다. 어느 일요일, 할머니가 풍성하고 윤기 나는 은발을 빗고 있을 때, 나는 화장대에 놓인 작은 나무 상자를 이리저리 문질렀다. 홀린 듯이 상자에 빠져들었다. 할머니는 빗을 내려놓더니 내가 가지고 있던 상자를 손바닥 위에 올려놓았다. 할머니는 상자를 몇 번씩이나 열었다 닫았다 했다.

"손바닥도, 마음도, 상자도 모두 열거나 닫을 수 있어. 둘 다 우리가 선택할 수 있는 거야, 그치?"

내가 고개를 끄덕이자, 할머니는 내게 상자를 건넸다. 나는 조심스레 엄지손톱으로 뚜껑을 열었다. 상자를 열자 흙내음이 풍겼다. 상자 안에는 흙이 한 줌 들어 있었다.

"할머니, 이 흙은 어디서 가져왔어?"

"집에서 가져왔지."

나는 할머니 아파트를 둘러봤지만, 할머니는 고개를 저었다. 할머니는 러시아를 말하고 있었다.

"왜 가져왔는데?"

할머니는 엄지와 검지로 흙을 집더니 다시 상자 안으로 흩뿌렸다. 할머니는 회한에 잠긴 목소리로 말했다.

"고향을 떠날 때, 가지고 올 수 있는 게 없었어. 그래서 고향 땅의 흙을 한 줌 챙겨왔지. 배를 타고 엘리스섬에 도착해서 발밑에 흙을 조금 뿌렸어. 그래야 낯선 땅에 조금이나마 마음을 붙일 수 있을 것 같았거든."

할머니는 이 모든 지혜를 어디서 얻었을까? 할머니는 러시아에 있는 시골 마을에 살며, 단 한 번도 학교에 다니지 못했다.

내가 열두 살 되던 해에 할머니는, 훗날 내게 아들이 생길 거라고 말했다. 당황한 나는 눈만 껌벅였지만, 할머니는 반드시 기억해야 하는 중요한 전통을 알려주겠다고 했다. 아들을 갖는다는 말에는 웃음만 나왔지만 전통에는 관심이 갔다.

"아들이 읽기를 처음 배운 날, 꿀 케이크나 달콤한 음식을 꼭 주렴. 아들은 단맛을 느끼자마자 읽기와 달콤함을 한데 묶어서 생각하게 될 거야."

나는, 할머니도 어린 시절 책을 처음 읽었을 때 누군가에게 달콤한 음식을 받았는지 물었다. 할머니는 입술을 꾹 깨물었다.

"나는 읽기를 배운 적이 없어. 마을에는 책도 없었는걸. 게다가 나는 여자였잖아. 여자들은 부엌일이나 청소를 했지, 책을 읽거나 공부를 하진 않았으니까. 옛날엔 다 그랬어. 그래서 정말 떠나고 싶었지. 마을도, 카자크Cossacks*도, 포그롬Pogroms**도 지긋지긋했어."

할머니는 옛일에 대해 더 말하고 싶지 않은 눈치였다. 나는 포그롬이 정확히 뭔지 몰랐다. 술에 취한 군인과 누군가 심심풀이로 쏜 총에 목숨을 잃은 유대인이 관련 있다는 정도만 알 뿐이었다. 나는 더 물어보지 않기로 마음먹었다. 하지만 아빠가 읽기를 배운 날, 꿀 케이크를 먹었는지는 꼭 알고 싶었다. 내가 질문을 마치자마자 할머니의 눈이 피를 흘리듯 몹시 붉어졌다. 할머니는 죽은 사람의 넋을 기리듯 구슬피 말했다.

---

* 지금의 우크라이나와 러시아 일대에서 자치적인 군사 공동체를 형성한 집단으로 제정러시아의 비정규군으로 활약했다.
** 9세기부터 20세기 초, 제정러시아의 경찰이나 앞잡이들이 선동한 조직적 약탈과 학살을 뜻하는 말로, 희생자는 주로 소수민족이나 유대인이었다.

"우리는 너무 가난해서 꿀을 살 수 없었어. 너희 할아버지가 몸이 부서져라 일했지만, 자식 여덟 명을 먹이는 것도 정말 벅찼지. 그래서 너희 아빠가 학교를 그만두고 가족을 위해 일했단다. 너희 아빠는 읽기를 제대로 배운 적도 없어. 그 생각만 하면 아직도 너무 부끄러워. 그러니 도나, 네 아들이 꼭 배움을 사랑하도록 가르쳐야 해. 그러면 너희 아빠도 괜찮아질 거야. 아빠의 씨가 너를 거치고 너의 아들에게 전해질 테니까. 그러니 우리를 위해 배워야 해. 너에게 씨앗을 건네준 아빠와 나를 위해, 그리고 포그롬을 겪는 모든 아이를 위해. 꿀 케이크를 먹어야 한다는 사실을 절대 잊지 마. 그래야 배움과 달콤함을 한데 묶을 수 있어."

할머니 예언처럼 나는 아들을 가졌고, 내가 서른일곱 살 되던 해에 아들은 대학에 입학했다. 데이비드를 대학교에 데려다주던 날이 생생히 기억난다. 신입생 기숙사를 향해 걸어가는 데이비드는 어른스러워 보였다. 뿌리가 깊고 단단해 거센 바람에도 자신을 지켜내는 사람이 된 것 같았다. 내 몸을 통해 세상에 왔지만, 데이비드는 이제 자신의 삶을 펼쳐나가는 어른으로 훌쩍 커버렸다.

데이비드가 떠나던 날, 차마 하지 못한 말이 있었다. 데이비드에게 왜 그동안 혼내고, 재촉하고, 잔소리했는지 말해주고 싶었는데…. 용기를 내서 데이비드에게 캠퍼스 산책이나 하자고 말해볼걸. 버몬트주의 가을 햇살 아래, 팔짱을 끼고 진심을 터놓았다면 좋았을 텐데. 나는 할머니가 내게 한 것처럼 데이비드에게 말하고 싶었다. 단순하지만 깊이 있게, 모든 걸 담았지만 쉽게 기억나게, 지금 이 순간에 오롯이 빠져들게. 데이비드가 나아갔으면 하는 길을 품위 있게 전해주고 싶었다. 하지만 차마 용기가 나지 않았다. 어색해질까 봐, 혹시나 데이비드가 당황할까 봐 말을 삼켰다. 대신 중요하지도 않은 말만 잔뜩 지껄였다. 숨도 쉬지 않고 쏟아내듯이 시간을 버렸다.

데이비드에게 알려주고픈 게 정말 많았다. 특히 삶의 끝에서 몸소 겪은 일은 생생히 전해주고 싶었다. 끝은 또 다른 시작이며 그 과정은 정말 성스러웠다는 점. 가장 중요한 건 얼마나 많이 받았느냐가 아니라, 가진 것을 얼마나 잘 썼는지라는 점. 우리는 내딛는 걸음마다, 보내는 눈길마다, 어루만지는 손길마다 영혼을 담아 변화를 이끌 수 있다는 것, 그리고 영혼은 사랑하는 것을 다른 이에게 전하기 위해 헤아릴 수 없이 큰 위험마저도 감수한다는 이야기.

하지만 데이비드에게 뭘 가르치고 가르치지 않았든, 이제는 예측할 수 없는 삶 속에서 데이비드가 스스로 답을 찾아야 할 때다. 나는 수년 동안 아들의 성장에 발맞춰왔다. 이제는 아들을 놓아주고 나도 떠날 때다. 아들의 삶에서 홀연히 사라진다는 말이 아니다. 아들의 삶에 거미줄처럼 엮여 있던 나의 실을 풀고, 이제 나만의 삶을 다시 시작하고 싶은 마음이다.

한편으로는 데이비드가 기꺼이 자신을 내려놓고 삶의 면면을 모두 느끼는 용기 있는 남자가 되길 기도했다. 회피하거나 외면하지 않고 삶이 주는 달콤함, 괴로움, 황홀함, 고통을 기꺼이 받아들이기를, 모든 순간 미소 지으며 늘 사랑을 따르는 선택을 하기를. 나 역시 심장박동이 이끄는 대로 나아가 영혼의 신비로운 여정을 떠날 수 있기를 기도했다.

**

목적에 따라 살려면 열렬히 사랑하는 것을 찾아야 한다. 사랑하는 것에 가진 모든 것을 내어주고, 나의 뒤를 따를 사람들에게 전해줘야 한다. 마치 횃불을 건네주는 것처럼 말이다. 친구인 낸시 마굴리스Nancy Margulies(1947~)*는 언젠가 할아버지 이야기를 내게 들려줬다. 낸시 할아버지는 사람이 죽을 때, 사랑의 유산을 남긴다고 말했다. 할아버지는 낸시를 향한 사랑을 낸시 삼촌에게 남겼다고 했다. 낸시 삼촌은 낸시를 향한 본래 사랑과 할아버지에게 받은 사랑을 합쳐 낸시를 더욱 사랑해줬다. 결국, 죽음마저도 사랑을 가로막을 수는 없었던 것이다.

우리 할머니는 누구보다 배움을 사랑했고 그 마음을 내게 남겼다. 그리고 나는 할머니 마음을 이어받아 배움을 안내하는

---

* 미국의 기업가이자 작가이다.

선생님이 됐다. 초등학교 1학년 선생님이 되던 날, 레이철 카슨 Rachel Carson(1907~1964)*이 쓴《센스 오브 원더The Sense of Wonder》를 읽던 순간이 떠오른다. 할머니가 내 마음에 심은 불꽃이 카슨의 부드러운 메시지에 맞춰 타오르는 게 느껴졌다.

"아이들이 타고난 경이감을 계속 유지하려면, 함께 경이로워할 어른이 곁에 필요하다. 세상의 놀라움, 신비로움, 즐거움을 같이 발견하고 나눌 어른이 단 한 명이라도 있어야 하는 것이다."

무려 30여 년이 흘렀지만, 지금도 이 구절을 읽고 쓸 때마다, 나는 숨이 멎을 것만 같다. 숨조차 쉴 수 없는 고요 속으로 빠져든다. 언젠가 하이쿠[俳句]**에는 신이 깃들 공간이 있다는 말을 들은 적이 있다. 우리 삶도 그렇지 않을까? 숨이 멎은 틈, 그 공간 속에서 우리는 평생을 사랑할 대상을 발견할 수 있을지도 모른다.

내 마음속은 한 번도 만나지 못한 사람들이 남긴 지침으로 가득하다. 이런 지침이 없었다면 나는 삶이란 그저 돈을 벌거나, 생산적인 일을 하거나, 해야 할 일 목록을 지워나가는 과정이라고 여기며 살았을 것이다. 지금 읽는 잡지에는 작가이자 활동가

---

* 미국의 해양 생물학자이자 작가로 〈타임〉에서 선정한 20세기를 변화시킨 인물 중 한 명이다.
** 5·7·5의 17음으로 이루어진 일본 고유의 단시(短詩)이다.

인 벨 훅스bell hooks(1952~2021)[*]가 쓴 글이 실려 있다.

"학생들이 어느 날 '사랑하는 게 지쳤어요.'라고 말하더라고요. 그래서 이렇게 대답했죠. '사랑에 지치다니, 진정 사랑하지 못했구나. 정말 사랑한다면 힘이 더 샘솟는걸.'"

나는 이 글귀를 마음에 새겼다. 우리는 뭔가를 사랑하면 더욱 강해진다. 사랑은 우리를 지탱해주고 에너지를 만들어낸다. 만일 내가 고갈되고 실패한 것처럼 느낀다면, 내가 사랑하는 것을 위해 헌신하며 살지 못했기 때문이다.

나는 가끔 위대한 사람의 연설이나 인터뷰를 녹음한 파일을 듣는다. 이어폰을 꽂고 앤절리스 애리엔Angeles Arrien(1940~2014)^{**}의 말을 들으며 눈길을 걸은 적도 있다.

"당신 앞에 와서 속삭이는 모든 사람을 생각해보세요. 어쩌면 이 사람이 바로 내 안의 오래된 한계를 깨부숴줄 사람일지도 몰라요. 진실하고 아름다운 것에 헌신하며 살아갈 그런 사람요."

이 말 역시 마음에 새겼다. 눈길에는 내 발자국만 찍혀 있지만 나는 혼자가 아니다. 내 앞에는 나보다 먼저 나아간 사람이 정말 많다. 그들 희생 덕분에 내가 이곳에 설 수 있었다.

우리를 뒤따르는 사람도 정말 많을 것이다. 하지만 사랑받지 못한 것은 결국 사라진다. 우리를 뒤따를 이들을 위해, 우리에

---

* 본명은 글로리아 진 왓킨스Gloria Jean Watkins이며, 필명 벨 훅스로 더욱 유명하다.
** 스페인계 미국인으로 문화인류학자이자 교육자 겸 작가이다.

게 소중한 것을 더 많이 사랑해야 한다. 안타깝게도 지금 배움을 향한 사랑이 사라지는 모습이 곳곳에 눈에 띈다. 차마 두고 볼 수 없는 현실이다. 학부모, 교사, 정치인의 지적처럼 일반적인 시험 점수가 떨어지는 현상도 문제다. 하지만 유치원생을 비롯한 수백만 아이가 남들과 다른 방식으로 정보를 습득한다는 이유로 정신과 약을 먹는다. 관심 없는 일에 주의를 쏟지 못한다는 이유로 치료를 받기도 한다. 멍청하다거나 덜떨어졌다는 낙인이 찍히는 건 덤이다. 놀라운 점은 글로벌 기업의 고위 임원조차 별반 다르지 않다는 사실이다. 나와 상담을 하는 임원들 역시 자신이 멍청하고, 서툴고, 무능하다고 느낀다는 속내를 털어놓았다. 왜 우리는 타인은 물론 자신마저 열등하다고 여길까? 이제는 비교와 낙인을 넘어서, 배움을 향한 진정한 사랑에 불을 지펴야 하지 않을까?

아이들이 책이든 돌이든 강이든 뭔가와 처음 사랑에 빠지는 순간은 정말 중요하다. 이 순간은 아이 마음속을 가로질러, 삶의 목적과 운명을 결정짓는 가장 중요하고 영향력 있고 감동적인 경험이 될 것이기 때문이다.

하지만 우리는 아이들이 오롯이 경험하고 사랑에 빠지도록 두지 않는다. 그래서 많은 아이가 학교에 입학하자마자 배움을 향한 열의를 잃는다. 눈을 반쯤 감고 문간에 앉아, 앞에 길이 있는 건지 믿고 따를 어른이 정말 있는지 고민하는 모습은 차마 보기 힘들다. 우리가 어른이 되어주면 어떨까? 아이들에게 소중한 것을 남겨줄 수 있는 그런 어른. 나는 방황하는 아이들에게 이렇게 말해주고 싶다.

"앞으로 나아갈 길이 쉽지만은 않을 거야. 굽이굽이 돌고, 구덩이도 넘어가고, 엄청난 소음과 가진 모욕을 견뎌내야 하지만, 그래도 우리가 있단다. 보이지 않는 곳에서 너를 바라보며 마음 졸이는 우리를 생각하렴."

우리를 빛나게 하는 꿈은 결코 우리 곁을 떠나지 않는다. 단지 우리가 저버릴 뿐이다. 최근에 개최한 워크숍에서 데이비드와 앤지가 참석자들을 사전에 인터뷰한 영상을 봤다. 돈이 문제가 되지 않는다면 무슨 일을 할 거냐는 질문을 받자, 사람들은 '반짝이며' 답했다. 송어 낚시를 알려주며 자연을 사랑하도록 가르치고 싶다는 사람, 일터에서 여성들이 존엄성을 느끼도록 돕고 싶다는 사람, 또는 빈곤 지역 청소년들에게 시를 가르치겠다는 사람도 있었다. 인터뷰하는 내내 그들은 모두 반짝였지만, 결국 피할 수 없는 단어 '하지만'이 등장했고 빛은 어느새 사그라졌다.

우리가 사랑하는 것은 우리를 고귀하게 만들고, 사랑받지 못한 것은 결국 사라진다. 커트 라이트Kurt Wright(1941~2013)*는 "삶

---

* 미국의 기업 컨설턴트이자 작가이다.

의 목적은 사랑하는 법을 배우고, 신의 사랑이 우리 안에 흐르도록 거스르지 않고 허락하는 것."이라고 말했다. 이 책을 읽는 당신에게 물어보고 싶다. 당신은 무엇을 사랑하나? 사랑하는 일 덕분에 세상의 아름다움까지 발견하는 그 일이 대체 뭔가? 당신에게 사랑을 물려준 사람은 누구인가? 당신이 사랑을 물려줘야 하는 사람은 누구인가?

우리에게 꿈의 씨앗을 물려준 사람을 기억하며 씨앗을 키워나가기를, 품위를 갖고 꿈을 좇으며 살아 뒤따를 이들에게 꿈을 전해줄 수 있기를 기도한다.

나의 내면에는 어떤 재능과 소질이 숨어 있을까? 우리 대다수는 자신의 결점과 단점이 뭔지 정확하게 알고 있다. 받아쓰기에서 얼마나 틀렸는지, 하루 동안 해내지 못한 일이 얼마나 많은지 술술 쏟아낸다. 무능함을 설명하는 일에는 익숙해지지만, 타고난 재능과 소질을 똑바로 마주하는 일에는 점점 서툴러진다. 문득 재능과 소질을 떠올린 날에는 이렇게 중얼거린다.

"다 옛날 일이지."

그래서 우리는 공동체를 위해 어떻게 내 장점과 자원을 써야 할지 혼란스럽다. 너무 많은 사람이 자신은 중요하지 않다고, 자신이 하는 일은 진정한 변화를 일으킬 수 없다고 단정한다.

재능은 나눌 때 아름답다

"당신이 소유한 건 언제든 빼앗길 수 있지만, 당신이 나눠준 건 어떤 강도도 훔쳐갈 수 없어요. 나눠준 순간 영원히 당신 것이 되기 때문입니다."

– 제임스 조이스James Joyce(1882~1941)

언젠가 〈뉴욕 타임스 매거진〉 뒷면에 독특한 광고가 실린 걸 본 적이 있다. 플라스틱으로 만든 금고 광고였는데, 금고 모양이 딱 곰팡이 핀 양배추 같았다. 금고에는 비밀번호도 열쇠도 없었다. 그냥 들어서 반으로 쪼갠 다음 귀중품을 넣고 냉장고 채소 칸에 두면 됐다. 도둑이 냉장고를 열어 값비싼 물건을 뒤지거나 또는 도둑질을 하다가 때마침 배가 고파서 뭘 먹으려 했든, 절대 채소 칸을 열지는 않을 거라는 발상이 담긴 제품이었다. 세상에 누가 도둑질을 하다가 채소를 먹겠나? 혹시 아주 우연히 채소 칸이 열려 있다고 해도 곰팡이가 핀 끈적끈적한 양배추를 먹기는커녕 만져보고 싶은 사람이 있을까? 정말 기적 같은 확률로 뱃가죽이 등가죽에 붙은 도둑이 허겁지겁 양배추를 집는다 해도, 보물을 숨긴 깊숙한 곳을 차근차근 살필 만한 인내심은 없을 것이다.

나는 금고 광고를 보고 신의 유머 감각이 정말 엄청나다는 생각을 했다. 가장 빛나는 재능과 소질을 곰팡이 핀 양배추 같은 곳에 꼭꼭 숨겨 두었으니 절묘하다고 해야 할까. 우리는 타고난 재능과 소질을 발견하기 위해 마음속 창고를 샅샅이 뒤져야 한다. 소위 '옛날 일'이라고 여겼던 일화를 곱씹고 살펴보고 고민해야 내 안의 귀중품을 찾을 수 있다.

나의 재능은 이야기에 있었다. 여기까지 책을 읽은 사람이라면 아마 짐작하지 않았을까. 세상에는 노래를 잘하는 사람도 있고, 논리적이고 세세한 생각이 강점인 사람도 있다. 어떤 사람은 시를 잘 쓰고 누군가는 이 장에서 내가 언급할 남자처럼 화학 공식을 잘 다룬다. 사람마다 재능은 다양하지만, 곰팡이 핀 양배추 속에서 재능을 찾아야 한다는 점은 같다. 그래서 재능은 자칫 골칫덩어리처럼 보이기도 한다. 뭐든 이야기로 풀어내는 나의 재능은 성장 과정에서 번번이 나를 힘들게 했다. 매사 근거를 대서 말하는 우리 언니는, 내가 거짓말을 한다고 쏘아붙였다. 부모님은 내가 부풀려서 말한다고 혼냈다. 걸스카우트 리더는 나를 쫓아내기 전, 내 상상력이 지나치다고 꼬집었다. 심지어 대학원 지도교수는 내가 과도하게 극적이라며, 나선형으로 두서없이 생각하지 말고 일직선을 따라 사고하는 법을 배우라고 충고했다.

그러다 우연히 밀턴 에릭슨 박사의 연구 자료를 접하게 됐고, 마침내 나는 이야기를 좋아하는 내 모습을 받아들였다. 에릭슨 박사 역시 뭐든 이야기로 풀어내는 사람이었기 때문이다. 그 덕분에 나는 머릿속에서 이야기가 펼쳐질 때 이게 정확한지 근거는 뭔지 걱정하는 대신, 우선 믿음을 갖고 귀 기울인다. 삶이 막막하다는 사람을 대할 때도 그들에게 이야기가 필요한 건 아닌지 생각한다.

화학 공식을 좋아한다는 남자를 만나게 된 날도, 이야기가 자연스레 떠올랐다.

나는 그 남자를 어느 콘퍼런스에서 만났다. 그는 한눈에 봐도 부유해 보였지만, 어딘가 공허해 보였다. 눈빛은 불안하게 흔들렸고 등은 삶의 무게에 짓눌린 듯 구부정했다. 움푹 들어간 가슴 위로 단단히 낀 팔짱은 애처로워 보였다. 남자는 자신이 남미 출신이고, 가족 중 처음으로 대학에 진학했다고 말했다. 엄청난 노력 끝에 화학 박사 학위를 취득했고, 성공의 사다리를 올라 마침내 커다란 화학 회사의 최고 관리자가 되었다고도 덧붙였다. 하지만 그는 아무리 성공하고 돈을 많이 벌어도 모든 걸 허무하게 느낀다고 했다. 매일 서류 더미에 파묻혀 숫자와 씨름할 뿐, 그의 삶에는 열정도 재미도 없었다. 그는 잿더미 속에 갇혀 있었던 것이다.

　나는 지금이야말로 마음의 휴식을 취하며 생각을 정리할 좋은 시기라고 말했다. 하지만 그는 13년 전 이혼을 하고 휴직한 이후, 마음의 휴식을 취한다거나 내면에 집중한 적이 없다고 밝혔다. 나는 그의 마음에 어떤 열정이 숨어 있는지 알아야겠다는 생각이 들었다. 그래서 그에게 진가를 발휘한 경험과 뿌듯함을 느꼈던 일화를 말해달라고 요청했다.

　하지만 그는 질문을 듣자마자 왜 자신이 공허함을 느끼는지 설명했다. 나는 실례를 무릅쓰고 그의 말을 끊었다. 언제 기쁨이 넘쳐흐르는지 파악하려면 왜 공허함을 느끼는지가 아니라 언제 뿌듯한지 들어야 했기 때문이다. 마침내 그는 마음 가는 대로 말하기 시작했다. 그리고 오래전 옛 소련 국가를 여행하며 수많은 무기 공장을 둘러봤던 일을 전했다. 그는 공장에 있는 화학자들과 이야기를 나누며, 그들이 무기를 만드는 대신 약을 만들도록 도왔다고 했다. 사람들이 약을 만들며 잃어버린 존엄을 회복하길 바랐다고 말할 때, 그의 눈은 반짝였다. 그에게서 처음으로 에너지를 느꼈다. 나는 점점 그의 말에 빠져들었다.

　이어서 그는 언제 행복한지 신나게 말했다. 퇴근하고 집에 왔을 때, 아이들이 그에게 달려와 뽀뽀를 퍼부으면 그렇게 좋다고 했다. 아무것도 하지 않은 채 그저 등을 대고 누워 있으면 아이들이 다가와 사랑과 순수함을 퍼부어준다고 말했다. 그러더니 탱고를 추는 사람처럼 휙 이야기의 흐름을 바꿔, 몇 개월 전 허리케인이 들이닥쳤을 때 사람들을 도운 경험을 말했다.

"저는 모르는 사람들을 위해 간단한 일을 했어요. 판자로 창문을 막고, 아이들을 마른 땅으로 옮겼죠. 단순한 일이었지만 그들을 도와주면서 느끼는 만족감은 엄청났어요."

그의 목소리가 산들바람처럼 부드러워졌다.

그러자 내 머릿속에서 이야기가 하나 떠올랐다. 이야기가 점점 또렷해지자 나는 술술 풀어내기 시작했다.

"제가 최근에 들은 이야기가 하나 생각나네요. 산타로사 광장에 작은 성당이 하나 있었대요. 일요일 아침, 예배를 보려고 사람들이 모였는데, 누가 숨을 헉 들이마시더니 탄식을 하더래요. 왜 그런가 싶어 주위를 둘러봤는데, 글쎄 예수님 조각상의 손이 사라진 거 있죠. 도둑들이 예배당에 들어와 예수님 손을 훔쳐간 거예요. 예배가 끝난 후 신부님이 회의를 열었고, 결국 동상을 새로 사기로 결정했대요.

그렇게 일주일이 흘렀고, 사람들은 예배를 보기 위해 다시 성당에 모였죠. 그런데 이번에도 누군가 숨을 헉 들이마시더래요. 또 무슨 일인가 싶어 황급히 주위를 둘러봤는데, 이번에는 예수님 목에 팻말이 걸려 있더래요. 누군가 팻말에 글씨를 쓰고 걸어놓은 거였죠. 팻말에는 이렇게 쓰여 있었대요. '나는 손이 없지만, 당신의 손이 있소.'"

그 순간 남자 눈에 눈물이 고였고, 눈물은 뺨을 타고 천천히 흘러내렸다. 나는 그가 말을 할 때까지 곁에서 함께 호흡했다. 잠시 후, 그가 입을 열었다.

"당신이 그걸 알 리가 없는데…."

남자는 머리를 가로젓더니 나를 올려다보며 말했다.

"어린 시절, 우리 가족은 산타로사에 있는 작은 성당에 다녔어요. 저는 성당의 복사(服事)* 소년이었죠. 일요일마다, 저는 예수님 손이 되겠다고 진심으로 다짐했어요. 성당을 떠날 때면 마음이 충만했고, 어떻게든 다른 사람을 도와야겠다고 생각했죠."

그는 내 두 손을 감싸 쥐더니 이렇게 말했다.

"바쁘게 일만 하느라 내가 세상에 줄 수 있는 가장 중요한 선물을 못 보고 있었어요. 사람들이 존엄을 되찾도록 돕는다면, 저는 예수님 손을 대신하는 것이죠. 그것보다 더 중요한 건 없잖아요. 그렇죠?"

남자는 내게 연신 고맙다고 말했다. 나는 뿌듯하면서도 묘한 기분을 느꼈다. 산타로사에 있다던 작은 성당에 대해서는 들어본 적도 없기 때문이다. 브루클린에서 자란 유대인 소녀가 산타로사는커녕 예수님 손에 대해 어떻게 알겠는가? 누군가는 내 머릿속에 떠오른 이야기가 거짓말이라고 말할지 모른다. 하지만

---

* 사제를 도와 예식이 원활하게 진행되도록 보조하는 봉사자이다.

내게는 이야기가 사실인지보다 남자의 눈이 황홀하게 반짝였다는 사실이 더욱 중요했다.

***

어떻게 해야 타고난 재능을 살려 지역사회에 도움이 될 수 있을까? 질문을 생각하자 머릿속에 포스터 한 장이 떠올랐다. 첼로 연주자 베드란 스마일로비치Vedran Smailović(1956~)*가 전쟁으로 폐허가 된 사라예보의 국립도서관에서 첼로를 연주하는 그림이었다. 전쟁이 벌어지는 동안, 그는 하루도 거르지 않고 매일 오후 네 시에 연주를 했다. 사람들의 마음이 메마르지 않도록 자신이 할 수 있는 일을 한 것이다.

그러자 이번에는 어젯밤에 들은 라디오 인터뷰가 떠올랐다. 인터뷰에는 사랑의 집짓기 운동을 이끈 세계적 단체 해비타트 Habitat for Humanity의 설립자 밀러드 풀러Millard Fuller(1935~2009)가 출연했다. 원래 그는 법률가이자 성공한 사업가로, 은퇴 이후 자신의 재능과 기술을 살릴 분야를 찾았다고 한다. 그는 전 세계에 어떻게 집을 수십만 채 지었는지 설명하며, 평범한 사람들의 도움이 정말 컸다고 밝혔다. 사람들은 마음에서 우러나와 타인을 도왔고, 그 과정에서 기쁨의 눈물을 흘리고 뿌듯함을 느꼈

* 보스니아 헤르체고비나 출신의 음악가이다.

다. 사람들은 세계 곳곳에서 타고난 재능에 맞게 세상을 돕고 있었다.

나는 어떤 도움이 될 수 있을까 생각하니 나의 다른 재능이 떠올랐다. 나는 어둠에서도 빛을 찾는 '가능주의자possibilist'였다. 나는 대부분 사람이 결점을 볼 때 다른 면에 숨은 강점을 봤다. 예를 들어, 나는 어릴 때부터 패거리가 그렇게 나쁘다고만 생각하지 않았다. 사실 패거리에 속하고 싶은 마음에 학교에서 무리를 이루는 애들을 주의 깊게 관찰한 적도 있다. 어떻게 대화하고, 어떤 옷을 입고, 어떤 식으로 거들먹거리며 걷는지 세세히 살폈다. 패거리를 주제로 삼아 그들이 어떤 조직이고, 어떻게 청소년의 필요에 부응하는지 책까지 쓸 수 있을 정도였다. 하지만 슬프게도, 책을 쓸 수 있는 아이는 대개 패거리에 속하지 못한다.

나는 사회복지사인 데니스와 함께《나눔의 행복Random Acts of Kindness》와《어린이를 위한 나눔의 행복Kids' Random Acts of Kindness》를 편집하고 난 후 이렇게 제안했다.

"빈민 지역 아이들을 모아 패거리를 만들어보면 어떨까? 우리만의 인사법과 랩도 만들고, 색깔이 뚜렷한 조직을 만드는 거야. 또래 친구들이 봤을 때, 애들이 어디에 소속된 중요한 사람이라는 느낌을 주는 거지. 하지만 나쁜 짓을 하며 몰려다니는 패거리는 아니야. 우리는 뜻밖의 선행을 펼치는 사람들로서 다른 패거리들이 하는 나쁜 짓을 상쇄하는 데 전념할 거야. 다른 패거리들처럼 유명인사가 될 수도 있고."

그러자 마음속으로 늘 일탈을 꿈꾸던 데니스가 즉시 행동에 돌입했다. 데니스는 나와 앤디를 데리고 피츠버그로 향했고, 그곳에서 패거리를 만들기 시작했다. 이제 피츠버그에는 뜻밖의 선행을 실천하는 RAOK 조직원들이 곳곳에 있다. 공동체를 위해 재능을 쓴다는 말이 꼭 재능을 살린 직업을 갖는다는 뜻은 아니다. 전쟁 지역에서 첼로를 켠 연주자도, 사람들을 위해 집을 짓는 전직 사업가도, 어쩌다 보니 선한 패거리를 만들게 된 나와 데니스도 돈을 벌거나 직업을 가지려고 이런 일을 시작한 게 아니다. 신념에 따라 사회에 기여하기 위해 타고난 재능을 활용했을 뿐이다.

재능에 대해 생각하다 보니, 파커 J. 파머에게 들은 수수께끼 같은 말이 떠올랐다. 바로 '한계 이론the theory of limits'이다. 파커는 한계 이론을 이렇게 설명했다.

"우리 삶에는 절대 일어나지도, 일어날 수도 없는 일이 있죠. 그게 뭔지 알려주는 지표도 있죠. 바로 한계입니다."

파커는 우리가 번아웃에 시달리는 이유가 일반적으로 생각하듯, 열정이나 시간을 많이 쏟아서가 아니라고 지적했다. 자신에게 없는 것을 주려고 애쓰기 때문에 번아웃이 될 수밖에 없는 것이었다. 즉, 우리 재능뿐 아니라 한계 역시 어디에서 어떻게 목적에 따른 삶을 살지 알려주는 훌륭한 지표였다. 모든 일을 다 할 수 있는 사람은 세상에 없다. 중요한 것은 자신의 강점과 한계를 살펴 무엇을 줄 수 있고 줄 수 없는지 판단하는 일이다.

내 친구 델리아는 직관적이고 섬세하며 순수한 나비처럼 삶을 탐험한다. 하지만 그녀는 현실감각을 가지라는 주위의 조언에 따라 경영전문대학원에 진학했다. 그리고 대학원에서 간신히 3년을 버텼다. 물론 항우울제의 도움을 받았다. 그녀는 교수들을 증오하다가 자신을 혐오하는 극심한 감정 기복에도 시달렸다. 그리고 마침내, 감옥과 항우울제에서 벗어나 자유를 찾았다. 델리아는 이제 재능 있는 치료사이자 예술가로서, 여러 기업의 임원들을 상담하며 산다. 기업가라는 어울리지 않는 옷을 입는 대신, 기업인들에게 도움을 주며 재능을 펼치고 있다.

고양이를 만질 때, 털이 나는 반대 방향으로 쓰다듬으면 어떻게 될까? 그보다, 나뭇결을 거슬러 목재를 다듬는다면 아름다운 가구를 만들 수 있을까?

앞에서 언급한 화학자는 서류 더미에 파묻혀 일만 하면서 결에 맞지 않게 살고 있었다. 자신을 통해 세상에 퍼지려는 사랑의 흐름을 막고 있었다.

나 역시 평생을 결에 맞지 않게 살아왔다. 남들처럼 어딘가에 속하고 싶어서 고분고분하고 '착한' 사회 구성원이 되려고 애썼다. 하지만 세상에는 고분고분 받아들일 수 없는 일이 참 많았고, 그런 일을 자꾸 외면하다 보니 내 안의 생명력이 점점 시들어갔다. 더는 부당함을 억누를 수 없을 때, 나는 조직의 실세를 들이받았다. 실세나 책임자가 없을 때는 누구라도 찾아내 공격했다. 그리고 밀려오는 수치심에 몸부림쳤다. 마치 사회 부적응자가 된 것 같은 기분에 시달렸다. 내가 비정상적이고 고집이 너무 세서, 남들처럼 어디에 속하지도 못한다고 생각했다.

하지만 파커는 모든 걸 다 할 수 있는 사람은 없다고 내게 말했다. 하나의 씨앗이 떡갈나무도 되고 가지도 되고 붓꽃도 될 수는 없는 법이다. 온실 속에서 꽃을 피우는 건 내 본성에 맞지 않았다. 나는 야생화, 어쩌면 잡초일지도 모른다. 나는 탁 트이고 길들지 않은 공간에서 싹을 틔울 수 있었다. 나는 사람들이 간과하는 생각을 다시 생각하고 질문해야만 하는 사람이었다. 이런 나를 뭐라고 정의할 수 있을까? 나는 파커의 삶에서 힌트를 찾았다. 파커는 자신을 '전방위 교육자'라고 소개했다. 사람들 특성에 맞게 재능을 끌어내는 교육자라는 뜻이었다. 그 말을 듣자, 내가 무슨 일을 해야 하는지 깨달았다. 나의 재능을 꽃피울 토대, 내가 속할 패거리를 드디어 만난 것이다.

나의 재능은 물론 한계까지 명확히 이해하려면 곁에 타인이 있어야 한다. 나와 타인을 두루 살펴야 무엇을 할 수 있고 할 수 없는지 정리할 수 있기 때문이다. 우리에게는 담장 안에서 자라나는 사람뿐 아니라, 담장 밖에서 꽃을 피우는 사람도 필요하다. 화학 공식으로 생각하는 사람도, 뭐든 이야기로 설명하는 사람도 필요하다. 참혹한 현장에서 첼로를 연주하는 사람과 그 모습을 그림으로 남겨 전 세계에 보여줄 사람이 필요하다. 결국, 우리에게 선택권은 없다. 우리에게는 서로가 있어야 한다.

당신이 다정하면서도 강한 톤으로 자신에게 묻길 바란다. "타고난 재능을 나누려면 어떻게 해야 할까? 나의 재능과 세상의 필요가 교차하는 곳이 어딜까?"

서로 다른 모든 이가 고유한 재능을 살려 사회에 기여하기를, 우리 모두 세상에 속한다는 사실을 깊이 깨닫기를 기도한다.

무엇이 내게 정말 중요할까? 내가 중요시하는 가치는 내 삶을 깨우고 이끌어, 나만이 할 수 있는 고귀한 일로 나를 데려간다. 살다 보면 어떤 가치를 따라야 할지 선택해야 하는 순간이 찾아온다. 그 순간, 가장 중요한 건 가치 자체가 아닐지도 모른다. 가치를 '선택'한 나의 결정과 행동이 우리를 진정한 삶으로 이끈다.

당신은 무엇을 섬기는가

"자신에게 정말 정직하다면, 스스로 삶을 선택해왔다는 사실을
인정해야 합니다. 지금 우리의 모습을 결정한 건 그동안 살아온
삶의 방식입니다. 진정 자신의 모습에 걸맞게 살고 싶다면, 인생
을 바칠 각오를 해야 합니다. 우리가 믿고 깊이 사랑하는 가치를
위해 살고 싶다면, 지금의 모습을 내려놓아야 합니다. 그게 바로
진정한 용기이자 인류를 위한 강력한 행동입니다."

– 세자르 차베스Cesar Chavez(1927~1993)*

우리는 왜 타인의 의견에 자신을 가두는 걸까? 나를 깎아내
리는 말에 동조하는 것만큼 자신을 하찮게 취급하는 행동이 없
는데, 어째서 이런 일이 빈번할까? 우리는 남들의 평가나 시선에

---

* 미국의 노동운동가이다.

서 해방되길 원하지만, 사실 해방의 과정은 어렵고 고독하다.

나는 서른일곱 번이나 담배를 끊으려 노력했다. 하지만 그때마다 사람들은 내가 선천적으로 중독에 잘 빠지고 '해내려는 마음'보다 '포기하려는 마음'이 더 커서 담배를 끊지 못할 거라고 말했다. 물론 그 말은 사실이었다. 나는 "하루에 담배 40개비가 주는 선물을 어떻게 버리겠어?"라고 스스로 말했다. 하지만 절실히 원했던 삶의 자유를 맛보게 되자, 나는 담배를 내려놓고 사람들의 말에서 해방됐다.

내가 해방되어야 하는 말은 또 있었다. 나는 여덟 살 때, '체질적으로 부실하다.'라는 진단을 받았다. 즉, 내 몸이 구조적으로 허약해 평범한 인간이라면 누구나 해야 하는 역할을 똑바로 하지 못할 거라는 뜻이었다. 물론 이 말은 자라는 내내 나를 따라다녔고 기정사실이 됐다. 체육 선생님, 여름 캠프 지도 선생님, 학생 때 사귀던 남자친구가 모두 비슷한 말을 했고, 자비 없이 몰아치는 바비 인형 문화 속에서 열등감을 느꼈다. 실수투성이인 몸뚱이에 갇혀 평생을 살아야 한다니, 절망감에 휩싸였다. 몸에 대한 수치심은 아빠의 폭력과 열다섯 살에 당한 성폭행 때문에 나날이 심해졌다. 게다가 내 전남편을 상담하던 정신과 의사는 내가 몸의 기쁨을 알 수 없는 불감증이라고까지 말했다.

임신 역시 쉽지 않았다. 나는 다섯 번이나 유산했고, 그때마다 '체질적으로 부실하다.'라는 말이 귓가에 맴돌았다. 내 몸이 역시나 실패했다고 확정 짓는 것만 같았다. 결국, 의사는 내게 임신 시도를 멈추라고 권유했다. 그 순간, 정말 지긋지긋하다는 생각이 들었다. 내 몸을 싫어하는 것도, 부족하게 여기는 것도 다 지겨웠다. 마침내 나는 사람들이 내게 숱하게 던진 말을 '포기'하겠다고 결심했다. 더는 누구도 내 희망을 앗아가도록 두지 않을 거라고 마음먹었다. 누구에게도 생명을 키우려는 나의 의지를 빼앗을 권리는 없다. 누구도 그렇게 할 수 없다.

여섯 번째 임신은 눈부시게 아름답고 황홀했다. 경이로운 기적이라고밖에 표현할 수 없었다. 내 몸은 해야 할 일을 완벽히 해냈고, 진통 역시 예정일에 딱 맞춰 찾아왔다. 진통이 시작되던 순간, 할머니 말이 떠올랐다. "어떤 여자들은 걸어 다니며 진통을 한단다." 나는 할머니 말을 따르기로 마음먹었다. 진통하는 내내 슬슬 걸으며 냉장고를 청소하고, 고양이에게 밥을 주고, 속옷을 다렸다. 병원에 도착했을 때 자궁문이 5센티미터 열려 있었지만, 생리통에 불과할 정도였다. 접수대를 지키던 자원봉사자가 나를 휠체어에 앉혀 산부인과로 데려다줬다. 나는 참 태평하게도, 산부인과에서 일하는 인턴을 보고 의학 드라마 〈닥터 킬데어Dr. Kildare〉* 주인공처럼 신사답게 생겼다는 생각을 했다.

하지만 침착해 보이던 인턴은 내 상태를 살피자마자 몹시 당

---

* 1961~1966년 미국 NBC에서 방영된 의학 드라마이다.

황했다. 여기저기 소리를 지르고 사람들을 재촉하더니, 내가 앉아 있던 의료용 침대를 밀며 다급히 분만실로 향했다. 솔직히 말해서 그때 나는 꽤 기뻤다. 워낙 출산이 임박해서 제모나 관장을 할 수 없단다!

분만실 문이 활짝 열리자, 인턴은 나를 분만대 위에 밀어 넣고는 의사가 지금 손을 닦고 있으니 호흡하며 기다리라고 했다. 인턴이 나가자마자 나는 몸이 시키는 대로 쪼그려 앉았고, 일단 밀어내기 시작했다.

그때, 눈망울이 초롱초롱하고 손가락이 깨끗하고 길쭉한 의사 엡스타인이 분만실로 황급히 들어왔다. 그는 부드러운 목소리로 내가 속도를 늦추도록 이끌었다.

"서두르지 않아도 돼요. 천천히, 천천히요."

하지만 사람들은 일평생 내게 서두르라고 했다. 얼른 끝내야 덜 고통스럽다고, 빨리 말을 쏟아내지 않으면 두려움에 입을 떼지 못할 거라고, 성급히 생각하지 않으면 일상에 도사린 작은 폭력들에 마음이 쓰여 아무것도 하지 못할 거라고 경고했다.

하지만 분만대에서는 아무리 빨리 호흡해도 엄청난 통증을 피할 수 없었다. 한 시간이 지나자, 내 몸은 출산이란 걸 할 수 없다는 사람들 말이 역시 맞았다는 생각이 들었다. 그 순간, 의사와 간호사가 나를 묶더니 가위로 회음부를 절개했다. 나는 포기를 외치기 일보 직전이었고, 1초라도 빨리 분만실에서 나가고 싶었다. 내 몸은 출산할 수 없다는 사실이 분명해 보였다. 나는 의사에게 소리쳤다.

"난 못 해! 더는 못 한다고요! 당신은 절대 이해 못 해요. 나는 이걸 해낼 만큼 강하지 않아요. 너나 해!"

하지만 의사는 아랑곳하지 않고 내게 계속 밀어내라고 말했다. 나는 눈이 멀을 듯이 강렬한 수술실 조명을 올려다보며, 끝내 항복을 외쳤다. 그러자 놀랍다고밖에 할 수 없는 일이 일어났다. 몸은 분명 출산을 하고 있는데 위로 붕 뜨는 것 같았다.

"도나, 이제 끝났어요. 괜찮아요, 잘해냈어요. 당신 아들은 멀쩡해요."

의사가 말을 마치자 바로 '그렇지 않다'라는 생각이 들었다. 삶의 기적 같은 아기를 내 품에 안는 황홀한 순간에도 나는 의사가 틀렸다고 확신했다. 나의 육체로 빚은 보석 같은 아기는 '내 아들'이 아니었다. 그는 모든 존재의 경이로움이자, 스스로 존재하는 기적이었다.

***

32년이 지난 지금, 나는 이른 아침 통나무집 안에서 김이 모락모락 나는 차를 마시고 있다.

바람은 지금 시속 48킬로미터로 거세게 불고 있다. 눈 덮인 바깥 풍경이 시시각각 바뀌는 모습은 그저 놀랍다. 나는 감탄에 빠져 찻잔을 내려놓다가 아주 작은 거미 한 마리를 발견했다. 거미는 내가 앉은 의자 다리 사이에 거미줄을 치고 있었다. 떠오르는 태양이 창문을 환히 비추자, 거미줄이 더욱 선명히 보였다. 나는 거미줄을 빤히 쳐다보다가 위스콘신주 매디슨 근처 명상원에서 보았던 또 다른 거미줄을 떠올렸다. 명상원에서 봤던 거미줄은 늑대거미 작품이었다. 늑대거미는 두 풀잎 사이에 거미줄을 치기 때문에 거센 바람이 불어도 유연하게 버틴다고 했다. 거미줄이 어찌나 깊은 곳에 있던지, 거미줄에 달라붙은 이슬이 새벽빛에 반짝이지 않았다면 발견하지 못했을 정도였다. 어쩌면 그때부터 나는 무의식적으로 거미줄을 생각했는지 모른다. 아무리 거센 바람이 불어도 끝내 버틴다는 말이 마음에 남았다.

아메리카 원주민들 사이에는 거미 여인에 대한 오래된 신화가 있다고 한다. 거미 여인은 새로운 세계가 등장하는 강력한 전환기에 나타나, 옛 시대를 지탱했던 줄을 끊고 새 시대를 만들 줄을 짜는 존재라고 했다. 그 말을 듣자, 우리 안에도 거미 여인 같은 존재가 있다는 생각이 들었다. 바로 삶에서 진정 중요한 것을 깊이 신경 쓰는 마음이자, 중요시하는 가치에 맞게 살아가려는 신념이었다. 가치에 맞게 사는 일은 마치 거미줄을 뽑아내는 것과 같다. 살면서 맞닥뜨리는 여러 사건과 경험을 잇고, 위대한 인물과 평범한 사람을 연결하는 과정이랄까. 나는 아침 햇살에 반짝이는 거미줄을 보며, 그들이 있었기에 지금의 내가 존재한다는 사실을 깊이 되새겼다.

20년 전, 아르헨티나 마요 광장에서 어머니들이 투쟁*하던 모습 역시 내 마음에 남아 있다. 어머니 열네 명은 머리에 흰 스카프를 두르고 침묵 속에서 느리지만 격렬하게 광장을 돌았다. 경찰견을 끌고 온 경찰들이 야경봉을 휘둘렀지만 어머니들은 굴복하지 않았다. 바로 아르헨티나 군사정부가 전쟁을 일으키는 동안 아이들이 흔적도 없이 실종됐기 때문이다. 그때 파블로 네루다Pablo Neruda(1904~1973)**는 이렇게 말했다.

"어머니들이 나섰습니다. 군부는 이미 진 것이나 다름없습니다."

다른 나라에서 벌어지는 일을 지켜보며, 나는 스포츠를 구경하듯 방관하지 않겠다고 다짐했다. 우리는 속수무책으로 당하는 희생자가 아니다. 서로 연결되어 삶을 함께 만들어가는 공동 창조자이다. 마틴 루터 킹Martin Luther King Jr.(1929~1968)은 최악의 상황에 맞닥뜨렸을 때 나도 모르게 솟아나는 사랑의 힘을 '영혼의 힘'이라고 불렀다. 그리고 아이들은 우리가 가진 영혼의 힘을 늘 일깨워준다.

아이들을 향한 어른의 책임을 생각하다 보니 마음에 새긴

* 아르헨티나의 군부독재 기간(1976~1983)에 3만여 명이 실종되자, 자녀를 찾는 어머니들이 연대해 군부에 대항했다.
** 칠레의 민중 시인으로 1971년 노벨문학상을 받았다.

또 하나의 사건이 떠올랐다. 부품을 모두 재활용할 수 있는 복사기를 만들려고 무려 5년 동안 노력하던 한 엔지니어의 일화였다. 이 엔지니어는 재활용이 가능한 복사기를 만들려고 오랫동안 애썼다. 폐기물을 만들어내지 않는 제품 생산이 가능하다는 사실을 증명하려고 '기득권 세력'과 싸워야 했다. 끈질긴 노력 끝에 엔지니어는 제품 개발에 성공했고, 한 투자자가 공장을 찾았다. 투자자는 엔지니어가 이룬 성과를 보고 깜짝 놀라 이렇게 물었다.

"당신은 대체 누구기에 이런 일을 한 겁니까?"

엔지니어는 한참 침묵하더니 결연히 답했다.

"저는 엄마니까요."

시인 마이아 앤절로가 던진 질문 또한 내 마음에 남아 결정적 순간에 나를 깨웠다. 언젠가 내가 플로리다주 올랜도에서 열린 콘퍼런스에 참석했을 때였다. 그녀는 콘퍼런스에서 기조연설을 하기로 되어 있었지만, 몸이 좋지 않아 집에서 연설을 했다. 커다란 화면 위로 반짝이는 검은 눈이 꽉 찼고, 실내엔 초콜릿처럼 달콤쌉쓸한 목소리만 울려 퍼졌다.

"당신은 누구를, 그리고 무엇을 섬기나요?"

그 순간, 콘퍼런스에 모인 수천 명은 구경꾼이라는 장막에 숨을 수 없었다. 우리는 서로 연결되어 삶을 만들어가는 사람으로서 세상에 참여해야 했다.

돌이켜보면 인생 곳곳에 나의 가치관을 만들어준 순간이 있었다. 이 순간들은 거미줄처럼 뻗어나가, 나와 세상을 끈끈하게 연결했다. 어쩌면 우리 삶은 정원용 호스를 사용하는 일과 비슷할지 모른다. 삶의 목적이 강줄기이고 삶의 에너지가 물이라면, 마음은 물을 어디에 뿌릴지 결정하는 노즐이 아닐까. 우리가 공허함을 느끼면서 만족할 때까지 자신을 채우려 한다면, 다른 사람의 물을 훔쳐와 뿌리는 일과 뭐가 다를까? 우리 에너지는 삶의 목적에서 솟아나고, 마음이 이끄는 대로 에너지를 써야 충만함을 느낄 수 있다. 공허하거나 사랑받고 싶다는 마음이 들 때, 우리에게 정말 필요한 행동은 자신에게 의미 있는 방식대로 세상에 사랑을 표현하는 것이다.

히브리어에는 '티쿤 올람Tikkun olam'이라는 굉장한 표현이 있다. 바로 '세상의 영혼을 수선하는 사람'이라는 뜻이다. 우리가 사는 세상은 영혼이라는 아름다운 담요를 덮고 있다. 하지만 매일매일 세상의 담요는 조금씩 올이 풀리고 흐트러진다. 우리는 모두 담요를 움켜쥐고 있는데, 자신이 잡은 부분에서 올이 나간다면 책임을 지고 수선해야 한다. 손이 닿는 데까지 담요를 수선하는 게 영혼 수선공의 역할이자 책임이다.

당신은 어떤가? 당신은 어떤 거미줄을 만들어왔고, 어떤 가치를 가장 중요하게 여기나? 어떤 태도를, 누구를 향해 취하려 하나? 어디에 당신의 마음을 쏟으려 하나?

우리가 모두 용기를 내어 커다란 의미를 지닌 일에 자신을 마음껏 던지기를 기도한다.

당신의 최선을 끌어내는 환경은 어디인가? 당신은 어떤 방식으로 어떤 사람들과 일할 때 가장 빛나는가? 안타깝게도 우리는 많은 단절을 경험한 탓에, 우리가 서로 연결되었거나 깊은 영향을 주고받는다고 생각하지 못한다. 그래서 자신을 둘러싼 환경, 같이 일하는 사람들이 나의 진가를 끌어낼 수도, 막을 수도 있다는 사실을 미처 생각하지 못한다.

나는 당신을 위해 걷습니다

"지금 원하는 삶을 살고 있나요?"
– 파커 J. 파머

뉴질랜드 웰링턴에서 디 혹의 소규모 강연을 들은 적이 있다. 마오리족 사람들과 기업인들이 둘러앉은 가운데 그가 이렇게 말했다.

"역사적으로 서로 어떤 일을 했는지는 더 이상 중요하지 않습니다. 정말 중요한 질문은 이거죠. '어떤 존재가 되고 있는가?' 그리고 '우리의 후손을 위해 어떤 세계를 남기고 있는가?'"

그의 말이 마음속에 불꽃을 피웠다. 침묵이 잠시 방 안을 맴돌았고, 나는 생각에 빠졌다. 어떻게 해야 절망하지 않고 이 질문을 탐색할 수 있을까?

그로부터 2년 후, 나는 캘리포니아주 샌타바버라의 바닷길을 새벽부터 걷고 있다. 틱낫한Thích Nhât Hanh(1926~2022)* 스님의 뒤를 따르는 중이다. 스님은 헐렁한 갈색 재킷과 바지를 입고, 갈색 니트 모자를 귀까지 당겨 썼다. 수천 명이 스님 뒤를 따라 걷고 있다. 처음에 걸을 때만 해도 우리는 낯설고 어색했다. 하지만 모래 절벽을 걸으며 호흡을 맞췄고, 지금은 하나의 물결이 되어 이 작은 남자를 따른다. 스님은 바다와 한 몸이라도 된 듯 파도 소리에 맞춰 숨을 들이마시고 내쉬었다.

젖은 모래사장 위로 스님의 나막신 자국이 선명히 남았다. 스님은 파도와 호흡에 맞춰 천천히 발을 내디뎠고, 존재의 상징을 묵직이 남겼다. 파도는 발자국도 상징도 깨끗이 씻어냈다.

조깅을 하는 사람들이 맞은편에서 달려오며 우리를 바라봤다. 내 발목에는 해초가 엉겨 붙었다. 수평선에 있는 시추탑에서 나온 까만 기름 덩어리가 해안으로 흘러온다. 길이가 무려 600미터에 가까운 무리가 특별한 명령도 없이, 파도와 호흡이 주는 리듬에 맞춰 스님을 따라 걷는다.

나는 그동안 피하려 애썼던 공허함을 마주했다. 마음의 블랙홀 안으로 점점 빠져들었다. 지금 이 순간 내가 가야 할 곳도, 해야 할 일도, 가져야 할 물건도, 되어야 할 모습도 없다.

누군가 주머니에서 작은 놋쇠 종을 꺼내 부드럽게 쳤다. 그

---

* 베트남의 승려이자 평화운동가로 현대의 위대한 영적 스승이다.

가 멈추자 우리도 멈춘다. 두 발에서 뭔가 고동치는 느낌이 든다. 살펴보니 피가 흐르고 있다. 나의 생명을 책임졌던 피는 바다로 흘러간다. 그러자 나라는 테두리가 커지고 마음속 빈 공간이 열리는 것 같다. 나는 다시 내면에 집중한다.

이대로 충분하지 않을까. 해초가 나뒹굴고, 사람들이 조깅을 하고, 갈매기들이 날아다니는 번잡한 해변에서 수천 명이 오직 스님의 숨소리에 맞춰 고요히 호흡하고 있다. 회색빛 하늘에는 먹구름이 가득했다. 내 머릿속에 가득 찬 생각처럼 보였다. 나를 막고, 우리를 막는 생각이 여전히 내 안에 있었다.

몇 시간 후, 우리는 바람이 잘 통하는 운동 경기장에 도착해 스님의 말을 들었다. 스님은 이렇게 말했다.

"나는 당신을 위해 매일 걷습니다. 당신이 혼란스럽거나 절망에 빠졌을 때도, 나는 세상 어딘가에서 평화와 화합을 느끼며 걸을 거예요. 내가 당신을 위해 걷는다는 것을 느낄 수 있을 겁니다."

스님이 연설하는 동안 다른 승려들과 여승들은 우리 샌들 위에 초록색 종이를 올려놨다. 종이에는 이런 문구가 써 있었다. "나는 당신을 위해 걷습니다."

스님은 지금도 우리를 위해 걷고 있을 것이다. 내가 통나무 집에 머물며, 나를 잃지 않고 세상을 도우려면 어떤 환경이 필요한지 고민하는 이 순간에도. 샌타바버라 바닷가를 거닐 듯 수천 명에 속하면서도 홀로 존재하려면 어떤 환경이 필요할까? 어떻게 내게 늘 진실할 수 있을까? 어떻게 나의 몸과 영혼을 키우는 자연스러운 리듬에 발맞출 수 있을까? 어떻게 해야 분열되는 사회가 아닌 연결되는 사회를 만들 수 있을까? 어떻게 나의 최선을 끌어내는 삶을 살 수 있을까?

혼자라고 생각한 이 순간에도 커다란 공동체와 나를 연결해주는 뿌리를 생각하니 마음이 벅차올랐다. 더 깊이 생각할수록 우리가 연결되어 있다는 사실을 선명히 느꼈다. 내가 삶을 눈물이라 여겼을 때, 정말 중요한 것을 잊었을 때 연결된 우리는 얼마나 상처받았을까? 사랑하는 아들과 며느리, 그리고 할머니가 떠올랐다. 입양한 손녀와 중국에 있을 손녀의 친엄마를 떠올리니 마음이 파르르 떨렸다. 디 혹이 말한 후손들을 떠올리고, 내게 폭력을 휘두른 아빠를 생각하고, 우리 할머니처럼 길쭉하고 깨끗한 손을 가진 남편을 생각하니 마음이 욱신거렸다. 내가 청명한 하늘 아래 평온함을 느끼는 지금, 사무실 형광등 불빛 아래 있을 사람과 교통체증에 시달릴 사람을 떠올리니 마음이 가라앉았다. 갈등이 부른 엄청난 고통 속에 매몰된 사람들을 떠올리니 마음이 아팠다. 나는 무감각과 절망 속에 갇힌 사람을 위해 기도했다. 나와 연결된 모든 존재의 평안을 진심으로 바랐다.

푸른 가문비나무를 뽑아다가 사막에 심으면 어떻게 될까? 얼마 못 가 죽어버리지 않을까? 우리는 식물마다 자생하는 환경이 다르다는 점을 잘 알고 있다. 하지만 어째서 인간 역시 고유한 생체 시스템을 지녔다는 사실을 간과하는 걸까? 우리 또한 잘 성장하기 위해 각기 다른 환경, 상황, 조건이 필요하다.

안타깝게도 우리는 고유한 특성이 반영되지 않은 환경에서 유년기를 맞이한다. 게다가 어른들이 이런저런 한계를 그어놓은 경우도 빈번하다. 대다수는 어른이 정한 한계를 자신의 한계라고 순순히 받아들인다.

최근 한 기사에서 비슷한 내용을 읽었다. 어떤 과학자가 커다란 수조 안에 작은 수조를 넣고 그 안에서 새끼 물고기를 기르는 실험을 시작했다. 작은 수조에 있는 새끼 물고기는 커다란 수조에 있는 성체 물고기를 볼 수 있었지만, 유리 벽 때문에 커다란 수조로 갈 수 없었다. 새끼 물고기가 다 자라자 과학자는 작은 수조를 없앴다. 하지만 작은 수조에 있던 물고기는 벽이 있었던 곳까지만 헤엄칠 뿐, 더 나아가지 못했다. 벽이 사라지자 자유가 찾아왔지만, 기억과 습관 속에 한계가 뚜렷이 남아 있었기 때문이다.

새끼 물고기처럼 우리는 주어진 한계를 받아들이고, 선을 넘지 않는 게 유일한 생존법이라고 믿는다. 하지만 주어진 환경을 순순히 받아들일 필요는 없다. 앞서 말했듯, 사람마다 잘 자라는 환경은 다르며, 우리는 타인의 한계를 자신의 한계로 종종 착각하기 때문이다. 우리는 자신의 진가를 발휘할 수 있는 환경이 뭔지 탐색하며 스스로 뻗어나가야 한다.

진정한 충만함은 나의 재능을 사회와 나눌 때 느낄 수 있다. 그래서 안을 살펴 타고난 재능을 파악하고, 밖을 살펴 세상의 필요를 찾아야 한다. 삶의 목적에 따라 살기 위해 안과 밖에 모두 연결되어야 하는 것이다. 하지만, 이게 어떻게 가능할까? 세상살이도 잘하면서 내면에 충실하기까지 한 삶은 어렵지 않을까? 우리 대다수는 뿌리 깊은 습관처럼 밖을 향해 살아간다. 우리 문화역시 '바깥세상'과 내면세계를 철저히 구분한다. 내면세계를 탐구하는 일은 세상살이에 필요한 기술을 익히는 일보다 늘 뒷전으로 밀린다.

하지만 애니 딜러드Annie Dillard(1945~)*는 내면세계를 탐구하는 일의 중요성을 이렇게 설명했다.

"내면을 향해 깊숙이 걸어가다 보면 '통일된 분야'를 발견할 거예요. 자신을 살피는 일이 타인에게도 도움이 되는, 복잡하고도 설명할 수 없는 그런 일이 가능해지는 거죠."

샌타바버라 해변에서 나는 딜러드의 말이 추상적인 생각을 뛰어넘는다는 사실을 깨달았다. 내면을 파고들면서 나는 에고를 넘어섰고, '나'라는 개념조차 뛰어넘은 장소에 있는 나를 발견했다. 나는 파커 J. 파머가 "갈라진 표면 아래로 하나 된 우리"라고

---

* 미국의 작가이자 교육자이다.

부르는 것에 연결되었다. 어쩌면 우리는 커다란 나무에 속한 무수한 나뭇가지일지 모른다는 생각이 들었다. 서로 떨어져 있는 듯 보이지만 사실 한 그루인 나무. 그래서 나를 진정으로 위하는 일이 타인을 위한 일이 될 수 있는 것이었다.

어떤 환경에 있어야 갇혀 있다고 느끼지 않고 넘치는 에너지를 느낄까? 진정성 있고 관대한 삶을 살려면 내게 어떤 요소가 '무슨 일이 있어도 꼭' 필요할까? 내가 여기에 쓰는 말은 그저 예시일 뿐이다. 오직 내게만 해당하기 때문이다. 우리는 모두 고유한 생명체라서 번성하는 데 필요한 조건 역시 모두 다르다. 내가 적는 '무슨 일이 있어도 꼭' 필요한 조건을 읽고, 당신의 성장에 필수적인 환경을 떠올려보기를 진심으로 바란다.

무슨 일이 있어도 나는 드넓은 자연 속에서 살고 일하고 싶다. 그래야 광활한 자연처럼 나를 확장할 수 있다.

무슨 일이 있어도 나는 영혼과 몸과 마음이 조화로울 수 있는 리듬에 맞춰 움직이고 싶다.

무슨 일이 있어도 나는 단체의 구성원이자 독립된 사람으로서 일하고 싶다. 그동안 일하느라 소중한 사람들과 오랫동안 떨어져 있었다. 이제는 함께 모여 더 큰 공동체를 위해 유용한 일을 하고 싶다.

무슨 일이 있어도 나는 글, 그림, 아낌없는 침묵이 균형을 이루는 곳에서 일하고 싶다. 그래야 직관이 담긴 내면의 목소리를 따라 통찰을 얻고, 사회에 기여할 수 있다.

무슨 일이 있어도 나는 온전하고, 사려 깊고, 유익하고, 이 순간에 깨어 있도록 나를 이끄는 인간적인 분위기에서 일하고 싶다.

무슨 일이 있어도 나는 내 몸에 활기를 불어넣고, 기쁨을 가져오고, 자극을 주는 환경에서 살아가고 일하고 싶다.

무슨 일이 있어도 나는 서로 의지하는 환경에서 일하고 싶다. 어느 한 명이 부담을 지고 이끄는 게 아니라, 서로 강점을 발휘하도록 격려해 모두 보탬이 되는 환경에서 있고 싶다.

마지막으로, 무슨 일이 있어도 나는 완성된 것을 놓아주고, 새로 태어나려는 것을 길러가는 창조적인 환경에서 일하고 싶다.

이제 당신 차례다. 어떤 환경이, 활동이, 사람이 당신을 빛나게 하는가? 당신의 지혜를 길러주고 당신이 세상에 진가를 드러내도록 이끄는 환경은 무엇인가? 당신은 어떤 곳에 있고 싶은가? 당신이 진가를 발휘하는 순간은 조직 안에 있을 때인가, 밖에 있을 때인가? 또는 한 발은 조직에 걸친 채, 밖을 향할 때인가? 당신은 혼자 일할 때 빛나는가, 팀으로 일해야 하는가, 아니면 둘 다 괜찮은가? 당신은 이끄는 사람인가, 따르는 사람인가? 혹은 둘 다인가?

우리 모두 마음에 품은 씨앗이 싹트고 자라나는 토양을 발견하기를, 씨앗이 무럭무럭 자라나 과거의 한계는 신경 쓰지 않고 알차고 따뜻한 인생을 살아가기를, 언제나 경이로움으로 가득 찬 순간을 맞이하기를 진심으로 기도한다.

자신을 돌보는 건 결코 이기적인 행동이 아니다. 오히려 타인에게 줄 수 있는 유일한 선물을 관리하는 선한 행동이다. 자신의 진짜 목소리를 듣고 적절히 돌보는 일은 수많은 사람을 위한 것이다.

— 파커 J. 파머, 《삶이 내게 말을 걸어올 때Let Your Life Speak》 중에서

나는 앤 모로 린드버그의 책을 읽으며 통나무집에서 지냈다. 책을 다 읽자, 그녀가 던진 질문이 내 안에 깊숙이 자리 잡았다. 나는 스스로 물었다.

"이곳을 떠나간다면 나는 다시 가라앉게 될까? 중심을 잡고 침잠하는 게 아니라, 다른 사람에게 휘둘려 무작정 회피하면 어쩌지? 주변은 많이 산만할까, 아니면 여러 기회로 다가올까? 세상은 다양성을 무기로 잘못된 가치를 갖고 몰려들 텐데. 질이 아닌 양을 따지고, 본질이 아닌 형식을 찾고, 아름다움이 아닌 탐욕을 강조할 텐데. 이런 공격에 어떻게 대응할 수 있을까?"

그리고 나는 이 모든 질문에 다시 이렇게 물었다.

"내가 어떻게 균형을 잡을 수 있을까?"

세상은 정말 넓고 사람의 가치관과 개성은 한데 담을 수 없을 만큼 다양하다. 그래도 앞으로 마주할 '미래의 일'을 걱정하기보다는 '지금 이곳'에서부터 균형을 잡아보자고 나는 다짐했다.

내게는 '지금 여기 존재하는 자세'가 필요했다.

아빠라면 나의 이런 생각에 혀를 끌끌 찰 것이다. 아빠가 자란 시대를 생각하면 충분히 이해할 수 있다. 그때는 사람을 기계 부품처럼 취급했고, 한 곳에서 맡은 일을 오래 하는 게 최고라고 여겼으니까. 옛날 사람들은 태어날 때부터 정해진 삶의 양식을 순순히 받아들였다. 그리고 회사에 뼈를 묻을 듯 몸을 갈아 일하며 충성했다. 그러다 금시계를 받기도 했지만 무슨 의미가 있을까. 우리 아빠는 다른 존재가 되기는커녕 평생 회사원으로 살다 회사원으로 죽었다.

내가 아직 어리고 아빠가 회사원으로 전성기를 보내던 시절, 우리 집 거실에는 커다란 마호가니 라디오가 있었다. 아빠와 나는 함께 라디오를 듣곤 했다. 언젠가 에드윈 허블Edwin Hubble(1889~1953)*이라는 사람이 은하수 밖에 있는 또 다른 은하를 발견했다는 소식이 라디오에서 들려왔다. 바로 안드로메다은하를 발견했다는 뉴스였다. 상상 밖의 소식을 듣고 우리 둘 다 어

---

* 미국의 천문학자로 '허블의 법칙'을 발견하여 우주팽창설의 기초를 세웠다.

안이 벙벙했던 기억이 난다.

허블의 이름을 딴 허블 망원경은 지금까지 수십억 개 은하를 관측해왔다. 하지만 은하가 어디에서 왔는지 인간은 아직 알아내지 못했다. 은하의 비밀은 여전히 수수께끼로 남아 있다. 어쩌면 우리는 상상할 수 없을 만큼 커다란 세계에 속한 존재일지 모른다. 기계 부품 같은 미약한 존재가 아니라 더 크게 확장될 가능성을 품은 존재. 그렇다면 우리 삶을 바라보는 관점 역시 바뀌어야 하지 않을까. 우리는 각각 고유한 생명체로서 다른 생명체와 연결되고 서로 의존한다. 그리고 우리는 생명체이기 때문에 우리를 구성하는 모든 것은 결국 부패한다. 상황, 신념, 열정까지도. 하지만 부패할 수 있는 것은 다시 소생할 수도 있다.

그럴듯한 상상을 이야기하는 게 아니다. 모든 존재는 시간의 흐름에 따라 성장하고 기울고 사라졌다가 다시 태어난다. 나무도, 달도 모두 흐름에 따라 순환한다. 어째서 인간만 자연의 순환에서 예외라고 생각할까? 처음에는 받아들이기 어려울 수 있지만, 우리 인생도 달처럼 차고 기울었다 다시 찬다고 생각하면 깊은 위안을 느낄 수 있다. 우리 맥박은 자연의 수많은 생명체처럼 각자의 리듬 속에서 다양한 속도로 뛴다. 어째서 우리는 축 처져 있거나 빨리 움직이는 두 가지 속도만 있다고 생각하는 걸까?

우리를 달이라고 생각하면 어떨까? 기우는 모습도 차는 모습도 똑같이 빛난다는 사실을 알고 자신을 바라본다면? 낙엽을 떨어뜨리는 나무처럼 알고 있고 익숙한 방식을 훌훌 흘려버리면 어떨까? 그래서 씨앗 속에서 겨울잠을 자는 새로운 가능성을 불러낼 수 있다면? 우리가 한 달에 사흘이라도 또는 하루에 세 시간이라도 자신에 대한 선입견을 흘려보내는 시간을 보내면 좋겠다. 내가 기울고 있다고 우울해하는 대신, 과거를 놓아주고 새로운 가능성을 맞이했으면 좋겠다. 우리가 틀에 박힌 사고에서 벗어나, 내가 누구이고 어떤 존재가 되어갈지 순수하게 물을 수 있는 비옥한 토양에 있다고 생각한다면 어떤 변화가 생길까?

많은 사람과 조직이 여전히 옛 신화를 따르고 있다. 사람이 움직이는 기계인 것처럼 최대한 빨리 많은 일을 처리해야 한다고 믿는다. 최대한 빨리, 생산적으로 해내라고 타인은 물론 자신까지 닦달한다. 모두 헬스장에 있는 계단 오르기 기구에 오른 것만 같다. 모두 끊임없이 계단을 오르지만 어딘가에 도착하는 사람은 아무도 없다. 높게 높게 올라가려 할 뿐 내려와서 순환을 준비하는 사람은 없다.

결과적으로 우리는 성장하지 못한 채 경직되고, 스스로 만든 감옥 안에 갇힌다. 인생에는 한 가지 길만 있는 것이 아니라 우리는 살면서 여러 번 환생한다는 사실을 깨달으면 어떨까? 열심히 할수록 상황이 좋아질 거라고 무작정 믿는 대신, 우리가 씨앗처럼 고유한 리듬을 갖고 있다는 사실을 깨달으면 어떨까? 태어나고 성장하고 죽고 다시 소생하는 순환을 끝없이 되풀이한다는 점을 알고 있으면 삶이 어떻게 바뀔까?

자연의 모든 존재처럼 인간 역시 계절을 거친다. 봄에 꽃이 피고 여름에 열매를 맺고 가을에 수확을 하고 겨울에 잠드는 것처럼, 우리에게도 각자의 계절이 있다. 한여름에 열매를 풍성히 맺고 수확을 준비하듯이, 가을에는 낙엽을 떠나보내듯 가진 것을 흘려보내며 주변을 정리해야 한다. 그래야 뒤이어 찾아올 겨울에 죽음 같이 깊은 휴식을 누릴 수 있다. 지금 통나무집 밖은 녹아내리는 눈으로 가득하다. 곳곳이 진흙탕으로 변한 곳도 많다. 하지만 우리가 지금 이 순간을 견뎌낸다면, 겨울은 초록빛 봄으로 자연스레 바뀔 것이다. 만물이 소생하고 지평선이 열리는 시기가 찾아올 것이다. 잠시 당신의 열정을 생각해보라. 당신의 열정은 부드럽게 내리는 눈 속에 숨어 있는가, 아니면 바람에 흩날리는 낙엽처럼 뒹굴고 있는가? 당신의 목적은 봄볕에 자라고 있는가, 혹은 수확을 맞은 열매처럼 붉게 익었는가?

우리는 결코 내면의 계절을 벗어나거나 막을 수 없다. 그저 계절의 변화를 경험할 뿐이다. 어떤 사람은 한 달 안에 사계절의 변화를 모두 겪는다. 한 달 동안 열매를 맺고 흘려보내고 침잠했다가 다시 깨어나는 식이다. 5년을 주기로 계절의 변화를 겪는 사람도 있다. 물론 더 특이한 사람도 있다. 내 친구 메리 제인은 머리, 마음, 영혼, 신체의 계절이 각각 다르다고 말했다.

나의 계절을 이해해야, 인생에 의미와 신비로움이 없다고 느낄 때 가을이 찾아온 사실을 알 수 있다. 가을에 느끼는 감정은 내면으로 향하라는 신호다. 우리는 순환을 경험하며 지혜를 얻고, 다음 순환을 위해 씨앗을 뿌려야 한다. 그렇게 해야 겨울 혹은 침잠의 계절이 침체가 아닌 준비의 시기로 환영받을 수 있다. 이렇게 자연스러운 과정을 우리가 받아들이면 삶의 목적과 열정은 봄볕과 함께 다시 솟아날 것이다. 우리는 새로 태어난 자신과 함께 세상을 향해 나아갈 수 있다.

나는 우리 존재가 그저 우연한 사건이라고 생각하지 않는다. 정말 어쩌다 태어난 걸지도 모르지만, 아무래도 그건 아닌 것 같다. 인생에는 하루하루 살아가는 것보다 더 큰 의미가 있다고 생각한다. 위대한 첼로 연주자 파블로 카잘스Pablo Casals(1876~1973)*도 나와 비슷하게 생각했던 것 같다. 그는 역사를 아무리 통틀어 봐도 지금의 나는 단 한 명뿐이라고 말했다. 우리는 각각 고유함을 지닌 기적 같은 존재다. 따라서 자신을 지탱하는 열정과 고유한 리듬을 찾는 일은 우리 책임이다. 우리는 영혼과 연결될 수 있도록 내면을 보살피고, 세상에 줄 수 있는 나만의 선물을 찾아야 한다.

나는 이 책을 읽는 당신에게 자연을 선물하고 싶다. 나를 받아준 거대하고 견고한 산, 사계절을 한데 품을 만큼 광활한 보랏

---

* 스페인 출신으로 20세기를 대표하는 첼로의 거장이다.

빛 하늘, 한겨울의 두꺼운 얼음 아래 숨어 있는 평화, 얼음이 녹으면 솟아날 봄의 달콤함을 당신에게 보낸다.

녹슨 경첩을 흔들어
마음의 문과 창을 열고
열린 마음으로 사랑을 받아들이기를

상대의 빛을 보며 탄성을 내뱉고
한쪽 어깨에는 나의 빛을, 다른 어깨에는 그의 빛을 올려
함께 걸어나가기를

우리 안에서 거룩함이 움직이도록
작은 음성에 귀를 기울이고
두 손을 온전히 내어주기를

옮긴이 **홍주연**

인하대학교에서 한국어문학을 공부했다. 책과 영어를 좋아해
번역가가 돼서 세상과 소통하기로 마음먹었다. 바른번역 글밥아카데미를
졸업한 후 현재 번역가의 꿈을 이뤄 가고 있다.

삶을 살지 않은 채로 죽지 않으리라

초판 1쇄 발행 2023년 4월 28일

지은이 | 도나 마르코바
옮긴이 | 홍주연

펴낸곳 | (주)태학사
등록 | 제406-2020-000008호
주소 | 경기도 파주시 광인사길 217
전화 | 031-955-7580
전송 | 031-955-0910
전자우편 | thspub@daum.net
홈페이지 | www.thaehaksa.com

편집 | 조윤형 여미숙 김선정
디자인 | 이영아
마케팅 | 김일신
경영지원 | 김영지

값 16,000원
ISBN 979-11-6810-175-3 03840

편집 | 고여림, 여미숙
디자인 | 이영아